書下ろし

善の焔《ほのお》

風烈廻り与力・青柳剣一郎㉜

小杉健治

祥伝社文庫

目次

今戸橋
山谷堀
新鳥越町
浅草
待乳山聖天
不忍池
池之端
吾妻橋
鳥越神社
神田川
太田姫稲荷
両国橋
柳橋
回向院
相生町
北森下町『又兵衛店』
竪川
薬研堀
元柳橋料理屋『吉羽』
隅田川
新大橋
小名木川
高橋
海辺大工町
南茅場町
二ノ橋
八丁堀
南町奉行所
永代橋
深川佐賀町鼻緒問屋『相馬屋』

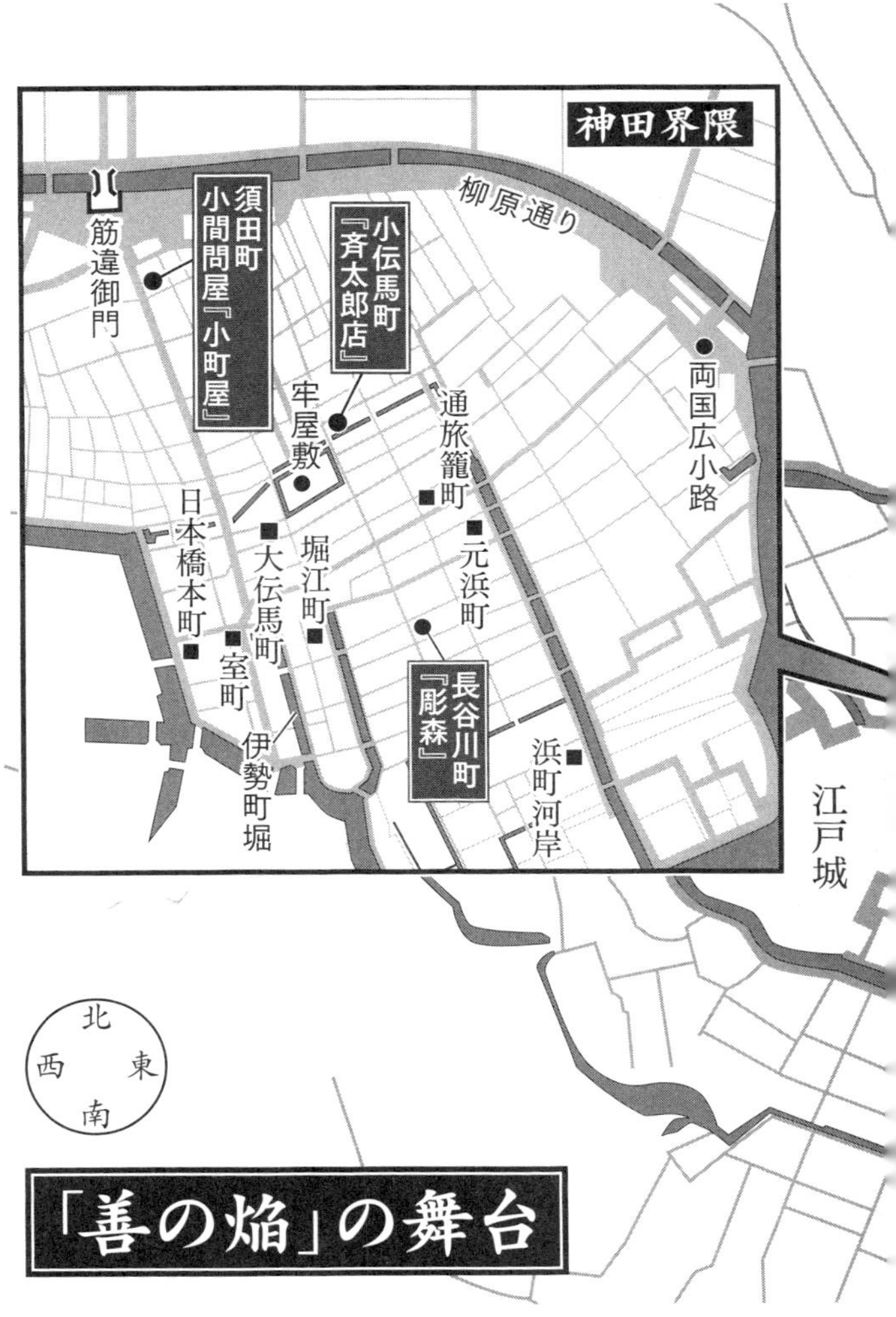
神田界隈
柳原通り
筋違御門
須田町
小間問屋『小町屋』
小伝馬町
『斉太郎店』
牢屋敷
両国広小路
通旅籠町
元浜町
日本橋本町
大伝馬町
堀江町
室町
長谷川町
『彫森』
浜町河岸
伊勢町堀
江戸城
北
西
東
南

「善の焔」の舞台

第一章　鬼畜《きちく》

一

小伝馬町《こでんまちょう》一丁目の斉太郎店《さいたろうだな》の飾り職人修次《しゅうじ》の住まいに、麻吉《あさきち》が厄介《やっかい》になって半月経《た》った。修次は居職《いじょく》で、自分の住まいで仕事をしている。

麻吉は壁によりかかって、文机《ふづくえ》に向かっている修次の背中を見ていた。『小町屋《こまちや》』からの注文の仕事だ。

「の、ど……」

呂律《ろれつ》がまわらない。だが、麻吉が呼んでいるのは聞こえたはずなのに、修次は振り向こうとしない。

「み、ず。の、ど、が……」

麻吉は喉《のど》がからからに渇《かわ》いていた。

ちらっと、修次は顔を向けたが、すぐ戻した。

（ちくしょう）

と、麻吉は腹の内で吐《は》き捨てた。

もう少し手足が自由に動いたらと、麻吉は悔《くや》しい。自分が惨《みじ》めでならなかった。悔しくてならなかった。

「み、ず、だ」

麻吉は怒鳴《どな》った。

修次は冷たく言う。

「うるせえな。俺は仕事しているんだ。自分で勝手に行けよ」

（修次、てめえって奴は）

麻吉は怒りから激しく身震いをした。

俺が修次にきつく当たったのは、早く一人前になって欲しかったからだ。それを逆恨《さかうら》みしやがって……。

麻吉は片手を使って畳《たたみ》を這《は》った。壁に手をかけ、立ち上がろうとしたが、すぐくずおれた。

這いながらやっと上《あが》り框《かまち》までいき、体の向きを変えて足を土間に落とした。杖《つえ》にすがり、目と鼻の先にある水瓶《みずがめ》に長い時間をかけて辿《たど》り着いた。

どうにか杓《ひしゃく》で水を汲《く》み、こぼしながら喉に流し込んだ。胸元が濡《ぬ》れた。腕の擦《す》り傷は這っているときに負ったものだ。

部屋に上がろうと踏ん張るが、なかなか足にも手にも力が入らない。何度か試みては体が崩《くず》れた。

修次が顔を向けたが、冷たい笑みを浮かべただけでまた文机に戻した。

ちくしょうと、麻吉は唇が切れるほどに噛んだ。すぐ手の届くところに包丁がある。そこまで手を伸ばすことも叶《かな》わなかった。

麻吉が飾り職人の森蔵《もりぞう》親方に弟子入りをしたのは十歳のときだ。以来、こつこつと修業し、腕を磨《みが》いた。

二十歳《はたち》を過ぎた頃から、麻吉を名指ししての仕事の依頼が増えてきた。大店《おおだな》の主人が娘の婚礼に簪《かんざし》の飾りや箪笥《たんす》の金具の装飾などを頼みに来ると、決まって麻吉さんにお願いしたいと言った。

俺は使う者の性格や好みなどを調べて彫金《ちょうきん》を施《ほどこ》した。そのためには、それを使う者に会って話を聞いたりした。自分の仕上げたものには魂《たましい》が籠《こ》もっている。そう思っていた。だから、客に喜ばれた。

俺の腕は親方を超えた。内心ではそう思っていた。俺は親方として独《ひと》り立ち出来る。そう思っていたし、その自信はあった。職人の何人かは自分についてくるだろう。そのことに自信もあった。

俺は天狗《てんぐ》になっていた。親方のところから出て行かなかったのは、親方の娘おくみのことがあったからだ。親方は俺をおくみの婿《むこ》にして、『彫森《ほりもり》』の代を譲《ゆず》る。そういう腹積もりだと知ったからだ。

俺は天狗になっていたと、麻吉は心の内でもう一度つぶやいた。だから、罰《ばち》が当たったのだと、麻吉は胸を掻《か》きむしりたくなった。なぜ、こんな病に罹《かか》ったのか。

中風《ちゆうふう》なんて年寄りの病だと思っていたが、まさか二十九歳のわが身に降りかかるとは思わなかった。

一命をとりとめたのが奇跡だと医者は言った。

だが、半身不随《ふずい》になった。言葉だって思うように喋《しやべ》れない。思ったことが口から出ない。医者は元通りになるまでの回復はかなり難しいと冷酷に言った。もう、仕事は出来ない。こんなみじめな姿で生き恥《はじ》を晒《さら》すぐらいなら、いっそ死んでしまったほうがよかった。

そのとき、腰高障子《こしだかしょうじ》に人影が映った。戸が開いて、若い女が顔を出した。

「お嬢さん」

修次はあわてた。

親方の娘のおくみだった。十九歳。おでこが広く、目鼻だちがはっきりした美しい女で、親方のひとり娘となれば、わがままであっても仕方ないと思えるが、実際は慎《つつ》ましやかで、やさしい女だった。

ときたま、見舞いに来てくれるが、土間に腰を下ろしたままの麻吉に驚いたようだ。

「麻吉さん、だいじょうぶですか」

おくみが麻吉に近寄ろうとした。

いきなり修次は立ち上がり、土間に駆《か》け下りた。おくみとの接触を邪魔するかのように、そして自分は麻吉をいたわっていることを見せつけるかのようだ。

「兄貴、もういいだろう。さあ、上がろうか」

修次はやさしい言葉をかけ、麻吉の体を抱えて起こし、部屋に上げた。

「水を飲んだあと、ここでしばらく休むと言って座っていたんです。ときどき、変なことをするんです」

いい加減なことを言いやがって、と麻吉は修次を睨《にら》みつけた。

「さあ、どうぞ」

と、修次はおくみのために座を空けた。

「いま、茶をいれます」

「あっ、いいの。すぐ帰りますから」

「いいじゃないですか。ゆっくりしてらしてくださいな」

「ええ」

おくみは上り框に腰を下ろして、

「麻吉さん、どう？」

と、声をかけた。

（俺はこいつといっしょにはいたくねえ）

麻吉は口を喘《あえ》がせた。声を出すが、不明瞭なので通じない。

「元気でやってますと、言いたいようです」

修次が勝手なことを言う。

（きさま、適当なことを言うな）

「修次さん、ほんとうにえらいわ。おとっつあんが褒《ほ》めていたもの」

「いえ、兄弟子の面倒を見るのは当たり前のことでございますから」

いけしゃあしゃあと、修次は言う。

麻吉は興奮していて声が満足に出ず、唸《うな》り声を上げるだけだった。

「麻吉さん、なあに？」

おくみは痛ましげに見る。

「お、れ、は、しゅうじ……」

あとの言葉が続かず、いらだった。

「お嬢さん。聞き取れないでしょうが、ずっといっしょにいるので、あっしには何を言おうとしているのかがわかるのです」

修次め、またいい加減なことを言いやがって。そう思っても、口は動かない。

「なんて言っているの？」

「俺は修次に頭があがらねえ。そう言ってます」

「そうでしょうね。麻吉さん、よかったわね。あら、泣いているの？」

おくみが驚いたように目を見張った。

「無理もありません。病気になって、ちょっとしたことにも涙もろくなっているんです。顔にはまだ麻痺《まひ》が残っているので、表情は苦しそうですが……」

「そうね。でも、安心したわ」

おくみは微笑《ほほえ》んでから、

「さあ、私、帰らないと。麻吉さん、また来るわね」

と、声をかけて立ち上がった。

麻吉は口をぱくぱくさせたが、声にはならない。

「そこまでお送りしましょう」

修次が腰を浮かせた。

「だいじょうぶよ」

「麻吉兄貴も送っていってやれと言ってますから」

修次は口許《くちもと》に冷笑を浮かべて麻吉を見た。

(ちくしょう。てめえの魂胆《こんたん》はわかっているんだ。親方に気に入られ、おくみの婿になることを狙《ねら》っているのだ)

汚《きたね》え。てめえはいつからそんな薄汚い人間になったのだと、麻吉は呻《うめ》いた。

おくみと修次が出て行った。

麻吉は惨めさに打ちのめされた。体の自由もきかず、言葉も満足に喋れない。

このままなら、生きていく値打ちもない。

それにしても許せないのは修次だ。親方やおくみの前ではいい顔をしやがってと、麻吉は腸《はらわた》が煮《に》えくり返る。

修次には目をかけてやったつもりだった。修次も俺と同じで早くからふた親を亡《な》くし、他に身寄りのない子だった。

森蔵親方が引き取り、内弟子にした。俺は修次の面倒を見た。鑿《のみ》や小槌《こづち》の使い方などは誰からでも教われる。俺は魂を込めて彫ることを教えた。

もちろん、それは生半可なことではない。修次はもともと不器用だった。他の弟子より劣《おと》っていた。だから、俺は修次には激しい言葉を浴《あ》びせた。一人前の職人にしてやりたかったからだ。

だが、修次は俺の思いを取り違えた。自分だけをいじめてる。そう思っていたのだ。今はその仕返しのつもりなのか。

麻吉は仕事場で倒れ、親方の家で三日間も気絶していた。ようやく気がついたが、自分がどうなったのかまったくわからなかった。

いずれ治るだろうと思っていた。だが、十日経っても、体の自由がきかなかった。やがて、残酷な言葉が俺を襲った。

「もう、仕事は無理かもしれません。最悪の場合、寝たきりになるでしょう」

眠っていると思って言ったのか、医者の言葉が耳に飛び込んだ。

仕事が出来ない、寝たきり……。それは、おくみとの話も立ち消えになることを示していた。

絶望が襲った。悔しくて涙が流れた。

その数日後、隣の部屋で親方やおかみさん、そして修次の話し声が襖《ふすま》越しに聞こえてきた。

「これ以上、回復の見込みがないのに、うちで面倒を見ることは出来ない。可哀《かわい》そうだが、麻吉をどこかに預けるしかない」

「どこかって、そんな場所があるんですか」

親方が言うのに、おかみさんが沈痛な声できいた。

麻吉は耳を塞《ふさ》ぎたくなった。

「修次、おめえのところで麻吉を預かってくれねえか。なるたけ、早く、受け入れ先を見つける」

親方が修次に頼んでいる。そういう相談になったとき、修次が親方に言った。

「親方、よろこんで麻吉兄貴の面倒を見させてもらいます。兄貴には世話になった。だから、少しでも恩返しがしたいんです」

はじめに、その言葉を聞いたとき、麻吉はうれしかった。

だが、修次には魂胆があったのだ。おくみだ。もし、親方の頼みを断わったら、親方はおくみの婿に修次を考えることはなかったろう。

麻吉を引き取ることで、修次の株はあがったのだ。そのことに気づくまで、そう時間はかからなかった。

駕籠《かご》に乗せられ、修次の住まいに移り、数日経ったある日、修次がいきなり顔を突き出して言った。

「麻吉兄貴。おめえをここに置くのはほんとうはいやなんだ。おめえの面倒はあまり見たくねえ。自分のことは自分でやってもらう。いいな」

意外な修次の言葉に面食らい、やがて麻吉は憤然《ふんぜん》とした。

「なんでえ、その顔は？　おいてもらうだけでもありがたいと思え」

「て、め、え……」

声が思うようにでないことが悔しかった。言葉を発しようとするたびに涎《よだれ》が流れ、惨めさだけが全身を包んだ。

おくみを見送りに行った修次は、あることないことをおくみに吹き込んでいるのに違いない。

またも台所の包丁が目に入った。あれで、修次を刺し、俺も死ぬ。そうしたいと思っても、包丁を摑《つか》むことも出来ないのが情けなかった。

腰高障子が開いた。修次が帰って来たのかと思ったが、隣に住む左官の為五郎《ためごろう》だった。

三十半《なか》ばの独り者で、酒好きの男だ。

「どうだえ、調子は？」

麻吉は首を横に振った。

「そうか。修次の奴はまだおめえさんを？」

「あっ、し、を、め、の、カ、タ、キに……」

麻吉は訴えた。

「あの野郎。俺が注意したら、わかったと言っていたくせしやがって」

為五郎は頰《ほお》を痙攣《けいれん》させて怒った。

麻吉がここに引き取られて数日後、麻吉が椀の味噌汁《みそしる》をこぼしたことに怒ったのか、修次は飯が済んだあと、いきなり暴言を吐き出した。そして、麻吉の体を起こし、壁に寄り掛からせてから支えていた手を離す。麻吉は踏ん張れずに倒れる。その格好を見て笑う。また修次は麻吉を起こして同じことをする。そして、おかしそうに笑った。

その屈辱的な笑いに堪《た》えていると、腰高障子を乱暴に開けて為五郎が飛び込んで来て、

「やい、修次、何をしているんだ？」

と、怒鳴った。

「やっ、為五郎さんか。きょうは長屋にいたのか。そうか、雨だからな」

「そうだ。隣にいたらどすんばたんとうるさくてならねえ。てめえ、また麻吉をいじめているな」

「いじめているわけじゃねえ。退屈だろうから遊び相手になってやっているんだ」

「遊び相手だと？」

「そうだ。兄貴はずっと家の中にいて、暇《ひま》を持て余していて可哀そうだからな」

修次は平然と言う。

「いつも壁を通して聞こえてくるのは、おめえの罵声《ばせい》と麻吉の呻き声だけだ」

「そいつは聞き違いだ。なんなら本人にきいてみてくれ」

修次は薄ら笑いを浮かべた。

その後もときたま、為五郎は様子を見に来てくれる。

「前はあんなじゃなかったんだがな。そんなに、おめえのことが気に入らねえなら、引き取らなきゃいいんだ」

為五郎は吐き捨ててから、

「やはり、親方の娘を狙っているからか」

と、きいた。

麻吉は頷《うなず》いた。

「とんでもねえ、罰が当たるぜ」

為五郎が言ったとき、修次が戻ってきた。

「為五郎さん、来ていたのかえ」

修次は表情を曇《くも》らせた。

「ああ、来ちゃ悪いか」

「別にそんなことは言っちゃいねえよ」

「そうか。それならいいが。麻吉の様子を見に来たんだ」

「ご覧のとおり、元気だ」

「そうかえ、俺にはそうは見えないが」

為五郎が皮肉そうに言う。

「まあ、兄貴はずるいからな。人前じゃ、自分がいじめられているような顔をして同情を買おうとするんだ。困ったもんですぜ」

うっうっと、麻吉は修次に向かって訴えたが、興奮するとよけいに呻き声しかでなかった。

「修次。俺は壁越しに聞いているんだ」

為五郎がたしなめてくれるが、修次にはいっこうに効目がない。

「どうも誤解されているようだが、誤解される俺も悪い。注意するよ」

「ほんとうにだ」

「わかってるって」

「麻吉。じゃあな」

為五郎は出て行った。

修次が冷たい目で麻吉を睨んでいた。

それから三日後の夜、外が騒々しかった。それほど強いわけではないが、ときたま障子が風に揺れた。

眠りに落ちかかったとき、麻吉は外の騒ぎ声で目を覚ました。麻吉は耳をそばだてた。路地を走ってくる足音がした。

腰高障子が乱暴に叩《たた》かれた。

「なんでえ、こんな時間に」

修次は体を起こした。

麻吉も起きようとしたが、体の自由がきかない。

修次は土間におり、心張り棒を外して戸を開けた。

「修次、起こしてすまねえ」

大家の忠兵衛《ちゆうべえ》の声だ。

「何かあったんですかえ」

「為五郎が刺された」

その声に、麻吉は身を震わせた。

「刺されたって、どういうことなんですね」

「わからねえ。小伝馬町二丁目にある井村良沢《いむらりようたく》先生のところに担《かつ》ぎ込まれたそうだ。修次、すまねえがいっしょに来てくれ」

「わかりやした」

修次は部屋に戻って、寝間着から常着に着替え、

「聞いた通りだ。出かけてくる」

そう言って、修次は出て行った。

為五郎に何があったのか。麻吉は身動き出来ない自分が情けなく、ただ為五郎の無事を祈るだけだった。

二

ふつか後。朝から強い陽差《ひざ》しだ。きょうも暑い日になりそうだった。

青柳剣一郎《あおやぎけんいちろう》は、これから市中の見廻りに出る風烈廻り同心の礒島源太郎《いそじまげんたろう》と大信《おおし》田新吾《だしんご》から挨拶《あいさつ》を受けた。

「青柳さま。では、出かけてまいります」

源太郎が頭を下げた。

「ごくろう。大伝馬町《おおてんまちょう》のこともあるから注意を怠《おこた》らぬようにな」

「はっ」

剣一郎が大伝馬町のことと言ったのにはわけがあった。

十日前、そのときは午《うま》（南）の方角からの風の強い日で、剣一郎もいっしょに市中の見廻りに出た。穏やかな日には源太郎と新吾に任せているが、特に風の強い日は剣一郎も見廻りに出るのだ。その日は夜になっても風が収まらなかった。

五つ（午後八時）過ぎに大伝馬町二丁目に差しかかったときだ。剣一郎は暗がりを横切ったひと影を見た。

笠をかぶり、尻端折《しりっぱしょ》りした細身の男で、手に何か持っていた。背を丸め、小走りに路地に消えた。

不審を抱いた剣一郎は源太郎にあとをつけさせた。念のために、剣一郎と新吾は別の道から裏通りに向かった。

暗がりに土蔵が見える。二階家の物干し台に、仕舞い忘れの洗濯物が風に煽《あお》られて吹き飛ばされそうになっていた。

星がきらめいていた。天水桶《てんすいおけ》の近くで、源太郎がきょろきょろしていた。見失ったようだ。

そのとき、突然、ぱちぱちとはぜるような音が聞こえた。驚いてそのほうに駆けると、塀から火の手が上がったところだった。

源太郎が大声を上げて住人に火事を告《つ》げ、剣一郎や新吾、そして見廻りの供をしていた小者や中間《ちゅうげん》もいっしょになって消火に努めた。

幸いに発見が早く、塀の一部を焦《こ》がしただけで大事にいたらなかった。

剣一郎が見かけた笠をかぶった男の付け火に違いなかった。この先に小伝馬町の牢屋敷がある。火事になればたいへんなことになった。

それから、連夜、鳶《とび》の者たちが町内の見廻りをしてきたが、今日まで不審な人間は現われなかった。

源太郎と新吾が見廻りに出かけたあと、入れ代わるように見習いの与力がやって来て、宇野清左衛門《うのせいざえもん》が呼んでいると告げた。

「ごくろう。すぐに参る」

剣一郎は声をかける。

宇野清左衛門は奉行所の最古参であり、金銭の管理、人事など奉行所全般を統括する最高位の掛かりである年番方の与力である。

年番方与力部屋に行くと、清左衛門はいつものように厳しい顔つきで文机の上の書類を読んでいた。

「宇野さま。お呼びでございましょうか」

「待っていた」

清左衛門は机の書類を閉じて体の向きを変えた。

「一昨夜の通旅籠町《とおりはたごちょう》で左官の為五郎が匕首《あいくち》で刺されたことは知っていよう」

「はい。十日前の付け火との関わりを懸念しておりましたが」

夜五つ半（午後九時）過ぎ、見廻り中の鳶の者が男の悲鳴をきいて駆けつけたとき、法被《はっぴ》姿の男が腹を押さえてうずくまり、暗がりに逃げて行く男の背中を見たというものだった。為五郎は気を失っていたが、命に別状はなかった。

本人が喋れるようになるまでわからないが、剣一郎は十日前の付け火犯がまたしても現われたのではないかと思った。通旅籠町は大伝馬町二丁目の隣である。

「さっき植村京之進《うえむらきょうのしん》から知らせがあった」

植村京之進は定町廻り同心である。

「昨夜、為五郎がようやく話せるようになったそうだ。さっそく、京之進が事情をききに行った。やはり、為五郎は笠をかぶった男に刺されたと言っていた」

「笠をかぶった男ですって」

やはり、十日前に見つけた男だ。

「笠をかぶった男が下駄《げた》問屋の裏手で塀に向かって屈《かが》んで何かをしていた。付け火のことを思いだして声をかけたら、振り向きざまにいきなり刺されたという」

清左衛門は顔を突き出すようにして、

「やはり、付け火をしようとしていたようだ」

と、顔を歪《ゆが》めた。

一昨日《おととい》は辰巳《たつみ》（南東）の風が強かった。

「二度もだ。単なる付け火ではなかろう。京之進は、狙いは牢屋敷ではないかと言っていた」

「十分に考えられます」

通旅籠町からではちょうど戌亥《いぬい》（西北西）の方角に牢屋敷がある。辰巳からの風が吹きつけていればまさに火の手は牢屋敷に向かう。

十日前の付け火は大伝馬町二丁目。そこから牢屋敷は子《ね》（北）の方角だ。その日は午（南）からかなり強く吹いていた。付け火をしようとした二カ所とも火事になればもろに牢屋敷を直撃する。

やはり、狙いは牢屋敷の公算が大きい。牢の中に仲間が入っているのを助け出そうというのか。

牢屋敷は火が燃え移りそうになれば、囚人をいったん解き放すことになっている。ふつか後に、本所回向院《ほんじょえこういん》に戻ってくれば罪一等が減じられる。戻ってこなければ、死罪だ。

だが、死罪の者が罪一等を減じられても島流しだ。死ぬよりましだが、自由になれない。だからこそ、狙いは牢屋敷、死罪に相当する罪で捕まった者だ。

「京之進はさっそく牢屋敷に行った。青柳どのもこの件を調べてもらいたい」

「わかりました」

「付け火犯が助けようとする囚人以外の極悪人まで逃げ出したらたいへんなことになる。特に今、牢屋敷には八人殺しの虎三《とらぞう》がいる。虎三はこれ幸いと逃げ出すに違いない」

「まさに、千里の野に虎を放つことになります。それ以前に火事になれば多くのひとが焼け出されます。怪我《けが》人とて出ましょう。断じて許すわけには参りません」

剣一郎は怒りを込めて言った。


午後になって、剣一郎は通旅籠町にやってきた。

木戸番の番人にきいて、左官の為五郎が刺された場所に案内してもらった。人通りのない裏道だ。

なぜ、為五郎がこの道を通ったのか。ふつうだったら、通らない。

「なぜ、為五郎がこの道を通ったのかわかるか」

木戸番にきいた。

「普請《ふしん》が終わった祝いに相当呑《の》んだそうです。帰る途中で、小便をしようとしてここに入り込んだとのことです」

「なるほど。すまなかった」

「へい」

木戸番が去ってから、剣一郎は周囲を見回す。ここは下駄問屋の裏塀だ。塀の内側に物置小屋が見えた。

ここで火の手が上がったら、物置小屋に火が移り、さらに母家《おもや》に広がったに違いない。そして、当夜の風向きから飛び火する先は戌亥の方角で、小伝馬町一丁目の町屋からその先に牢屋敷がある。

待てよ、と剣一郎は考え直した。

牢屋敷ばかりに目を向けているが、その前に焼失するのは小伝馬町一丁目の町屋だ。十日前の付け火にしても、牢屋敷に飛び火する前に小伝馬町一丁目の町屋が焼ける。

賊の狙いは小伝馬町一丁目にあるとは考えられないか。

剣一郎は小伝馬町一丁目に行った。そこの自身番に寄り、詰めている月番の家《いえ》主《ぬし》に、この町内でかつて何か事件はなかったかと訊《たず》ねた。

「ここひと月、いや数カ月以内だ」

「いえ、思いつくような事件はございません」

小肥《こぶと》りの家主が店番の者と顔を見合わせてから答えた。

「町内の商家で、客ともめたとか、そういう話はないか」

「聞いていません」

詰めている他の家主も首を横に振った。

「酒問屋の『灘屋《なだや》』さん、炭問屋の『伊吹屋《いぶきや》』さん、下駄問屋の『戸田屋《とだや》』さんなどの大店がございますが、どこも堅実に商売をしており、人さまから恨《うら》まれるようなことはないと思います」

町内で揉《も》め事が起これば町役人の耳に入る。定町廻り同心は毎日巡回して自身番に寄り、何か問題はないかをきいてまわっている。

当然、何かあればこの界隈《かいわい》を縄張りとしている京之進の耳に入っていることだろう。したがって、仮に何かあったとしたら表沙汰《おもてざた》になっていないことだ。

そうだとすると調べることは厄介だ。

そこから、剣一郎は牢屋敷に向かった。

牢屋敷は表は五十二間二尺（約九十五メートル）、奥行き五十間（約九十一メートル）、周囲は堀がめぐらされ、表門には石橋がかかっていた。

ここには南北奉行所からも寺社奉行や勘定奉行の手からも、また火付盗賊改の手からも囚人が収容された。

剣一郎が表門の前に差しかかったとき、牢屋敷の門から京之進が出てきた。

「青柳さま」

京之進が駆け寄ってきた。

「囚人を聞き込んできました」

「ごくろう。よし、どこかで聞こう」

剣一郎は小伝馬町一丁目の自身番に戻った。

「これは青柳さまに植村さま」

ふたりが揃《そろ》って戻って来たので、家主たちは目をぱちくりさせていた。

「すまぬが、奥を借りたい。長くはかからぬ」

家主や店番の者が詰めている畳敷きの間の奥に障子で仕切った三畳の板の間が

ある。簡単な取り調べを行なったり、一時留置したりする部屋であるが、剣一郎は京之進との打ち合わせにこの板の間を借りることにしたのだ。

「あんな場所でよろしいのでしょうか」

「構わぬ」

「そうですか。どうぞ」

剣一郎と京之進は奥の板の間に向かった。

差し向かいになってから、

「何か掴《つか》めたのか」

と、剣一郎はきいた。

「はい。牢屋同心どのと吟味《ぎんみ》をし、五人に絞《しぼ》り込みました」

死罪になる罪を犯した者で、関係が深い者の行方《ゆくえ》がわからない者を選び出したという。

「これでございます」

京之進は名簿をさしだした。

一に、押込みの盗賊百足《むかで》の権蔵《ごんぞう》。二に、情婦を殺した役者崩れの音次郎《おとじろう》。三に、主人殺しの手代孝太郎《こうたろう》。四に、辻《つじ》強盗の無宿人喜三郎《きさぶろう》。五に、亭主殺しの毒婦お熊《くま》。

　剣一郎が目を通し終えるのを待って、

「この五人にはそれぞれ関係の深い者がおり、居場所が突き止められておりません。このうち、百足の権蔵の手下は丹蔵《たんぞう》という者です。丹蔵も押込みの仲間ですから捕縛の対象ですが、いまだに逃げまわっています。他の四人は事件とは直接関わりはありませんので、捕縛することは出来ませんが、行方が掴めていません」

　京之進は続ける。

「百足の権蔵は、火盗改めの手で捕縛された者だな」

「そうです。他に、勘定奉行の手で捕まった者がおりましたが、死罪ではありません」

「うむ。すると、あとは奉行所の手による者か」

「そうです。役者崩れの音次郎にはもうひとりの若い情婦がいたそうです。音次郎に夢中になっていたというので、誰かを雇って火をつけさせたとも考えられます。手代孝太郎には弟がいます。無宿人喜三郎には弟分が、毒婦お熊には若い情夫がいました」

「よし。万が一、火事になり、囚人を解き放たなければならなくなったときには、この五人には十分に注意をするように伝えておいたほうがいい」

「わかりました」

「だが、果してこの五人の誰かの仲間なのか。もしかしたら、他の囚人かもしれない。あるいは、まったく見当違いかもしれぬ」

剣一郎は懸念を示してから、

「いずれにしろ、この五人に関わる者を探し出すのだ。百足の権蔵については、わしが火盗改めに話しておく」

「はい」

「ところで、一昨日刺された為五郎はどこにいるのだ?」

「はい。小伝馬町二丁目にある町医者井村良沢のところです。しばらくは動けないのでそこで養生をしています」

「井村良沢だな。で、為五郎と話は出来そうか」

「痛みがあり、なかなか眠れずにいて苦しんでいるようですが、少しくらいならだいじょうぶだと思います。ただ、相手の男のことをどこまで覚えているか……」

「いや、そのことはそなたがきいたのだから改めてきく必要はない」

「では、なぜ?」

「為五郎にひと言礼を言いたいだけだ。おかげで町が助かったのだ。これから、会ってくる」

「そうですか。為五郎は喜びましょう」

京之進は感じ入ったように言い、

「私はさっそく、この五人の仲間を調べてみます。為五郎に怪我をさせた男を必ず捕まえます」

と、自分自身を奮《ふる》い立たせるように言った。


自身番を出てから、京之進と別れ、小伝馬町二丁目に向かった。

表通りはひとの行き来が多く、荷車や駕籠も通る。町医者井村良沢の診療所は横丁を入ったところにあった。

戸を開けると、広い土間に草履《ぞうり》や下駄などがたくさん並んでいた。出てきた助手の男に、剣一郎は声をかけた。

「為五郎から話を聞きたい。会えるか」

「いま、先生にきいてきます」

助手はいったん下がって、すぐに戻ってきた。

「どうぞ」

剣一郎は刀を腰から抜いて上がった。

広間には大勢の患者がまっていた。

廊下をそのまま奥に行く。

「こちらでございます」

六畳間に男が寝ていた。

「為五郎さん、起きていますか」

助手が顔を覗《のぞ》き込むようにして声をかけると、為五郎は目を開けた。角張った顔をした三十半ばの男だ。

助手に代わり、剣一郎が顔を出す。

「八丁堀《はっちょうぼり》の青柳剣一郎だ」

「ああ、青痣《あおあざ》与力……」

呻くような声を出した。

「無理するな」

「へい」

「たいへんな目に遭《あ》ってしまったな」

「なんで、あっしがこんな目に遭わなきゃならねえのかと思うと悔しくて」

　力むと傷口が痛むのか、また呻いた。

「だが、そなたのおかげでたいへんな事態になるのを防げた。そなたは町を守ったんだ。もし、そなたがいなければ付け火は成功し、大火事になっていた。近くに牢屋敷があり、囚人を解き放さねばならなくなった。囚人の中には極悪人もいた。そんな悪党を町に放さなければならなかった。それを防げたのはそなたのおかげだ。そなたは体を張って、江戸を守った。よくやった」

「青柳さま。ほんとうにそうでしょうか」

「ほんとうだ。そなたの手柄は大きい」

　うっと、また苦痛を漏らした。

「痛むか」

「いえ、そうじゃねえ。青柳さまにそう仰《おっしゃ》っていただいてうれしいんですよ。あっしは、あんとき、酔っぱらって小便する場所を探していただけなんだ。そしたら、壁のそばにうずくまり何かをしている男がいる。それで、声をかけたら、いきなり刺された。俺はなんってばかな男だと自分でも呆《あき》れていたんです。自分で自分がいやになっていた」

「そんなことはない。あのとき、そなたが不審な男に声をかけなければたいへんなことになっていたのだ。いわば、そなたは名誉の負傷をしたのだ」

「へえ、そういっていただけるなんて」

為五郎は嗚咽《おえつ》をもらしていた。

「大事にいたせ」

剣一郎は腰を浮かせた。

「何か、お訊ねになることが……」

「いや、身を挺《てい》して町を守ったそなたにひと言礼を言いたかったのだ」

「青柳さま。ありがてえ」

為五郎は涙ぐんだ。

「そうだ、何か長屋の者に言づけなりないか」

「とんでもねえ。そんなこと」

「構わぬ。何かあればきこう」

剣一郎はもう一度腰を下ろした。

「へえ、じゃあ、お願い出来ますか。あっしの住んでいる斉太郎店に、修次って飾り職人が住んでます。戸障子に簪と鑿の絵が描いてあります。修次に、麻吉をいたわってやれと、伝えていただけますでしょうか。青柳さまからの言葉なら、奴も聞くでしょうから」

「麻吉をいたわってやれ、だな」

「へい。修次は居職ですんで、いつもおります」

何か事情がありそうだが、これ以上話を続けるのは苦しいかもしれない。事情なら、長屋に行けばわかる。

「確かに請《う》け合った。帰りに寄ってみる」

改めて剣一郎は立ち上がった。

三

町医者井村良沢の診療所を出た剣一郎は、その足で小伝馬町一丁目にある斉太郎店に行った。

荒物屋と鼻緒屋の間にある木戸をくぐると、路地の前方に数人の男女がいて、激しい声が聞こえた。

「這《は》ってでも自分で行け」

集まっている男女の足元に、男がひとり倒れていた。周囲の者は黙って見ているだけのようだ。

剣一郎は気になってどぶ板を踏んで奥に向かった。

三十前の男が杖を頼りに起き上がろうとしては倒れた。そばに、もう少し若い男が薄ら笑いを浮かべて立っていた。

「おい、しっかりしろ。みんなが見ているぜ」

夕方で、長屋の亭主連中はまだ帰ってきていない。だから、路地に出てきているのは年寄りと女房連中だ。

「可哀そうじゃないか」

小肥りの女が手を貸そうと倒れている男に近づくと、

「おふでさん。やめてくんな」

と、若い男は冷たく言う。

「冗談じゃないよ。こんなの、見ちゃいられないよ」

「厠《かわや》に行くまでは介添えしてやったんだ。帰りはひとりで帰るんだ。兄貴、甘えちゃいけねえぜ」

「修次。おまえ、なんて言いぐさだ」

鬢《びん》に白いものが混じっている男が大声を張り上げた。

「どうした？」

剣一郎が声をかけると、その男が振り向いた。

「あっ、青柳さま」

左頰の青痣で気づいたようだ。

「ほんと、青痣与力」

おふでと呼ばれた女が言う。

「これ、面と向かって」

男がたしなめると、おふではあわてて口を押さえた。

剣一郎が与力になりたての頃、押し込み事件があった。その押し込み犯の中に単身で乗りこみ、賊を全員退治した。そのとき頰に受けた傷が青痣として残った。だが、その青痣が、勇気と強さの象徴のように思われた。ひとびとは畏敬の念をもって、剣一郎のことを青痣与力と呼ぶようになった。

その後、難事件を幾つも解決に導いたことにより、名声はますます高まったのだ。

「でも、ちょうどよいところに来てくださいました。青柳さま、聞いてくださいな」

おふでが憤慨《ふんがい》したように、

「麻吉さんは体がいうことをきかないんです。それなのに、修次さんは手を貸そうとしないいんです」

と、剣一郎に訴えた。

立っている二十五、六歳ぐらいの男が為五郎の言っていた修次のようだ。

「私は大家の忠兵衛です。修次の野郎が、また麻吉をいじめているんです。どうか、叱《しか》ってやってください」

鬢に白いものが混じっている男が大家と名乗って言う。

「いじめる?」

修次が聞きとがめて、

「大家さん。人聞きの悪いことはよしてくんねえ。麻吉兄貴は甘えているんだ。こっちの迷惑も考えずにな」

と、口許を歪《ゆが》めた。

「修次。なんってことを……」

大家が憤慨した。

「修次。手を貸してやったらどうだ？　さっきからこのままだ。起き上がれないのだから、手を貸してやるのだ」

剣一郎は口を出した。

何か言いたそうだったが、

「わかりました」

と、修次は答えた。

それから転がっていた杖を拾い、麻吉の腕を抱えて、

「ほれ、摑まれ」

と、肩をさし出した。

ほれと、麻吉を抱えて、簪と鑿の絵が描かれている腰高障子が開けっ放しになっていた住まいに連れて行った。麻吉は引きずられて土間に入った。

大家やおふでたちが戸口に立って様子を見守った。

「見世物じゃねえんだ。引き上げてくれ」

上り框の前で麻吉の体を放し、修次が怒鳴った。

「ちゃんと麻吉を部屋に上げてやるんだ」

大家が注意をする。

麻吉は土間に膝《ひざ》をついて上り框に突っ伏している。先に部屋に上がった修次が麻吉を見下ろしている。

「修次、なにしているんだ？」

「なにって、見ればわかるだろう？」

「わかっているから言っているんだ。なぜ、麻吉にやさしくしてやれねえんだ。相手は病気じゃねえか」

「病気ですって？　冗談じゃねえ。兄貴は甘えているんだ。病気だからって、皆が代わる代わる手を差し出すもんだから、すっかり図に乗りやがって」

「修次。そいつは言い過ぎだ」

大家が血相を変えた。

「修次とやら」

剣一郎は土間に入って声をかけた。

「まだ、何か」

明らかに不満らしく、修次は腰をおろしてきいた。

「なぜ、上げてやらぬのだ？」

剣一郎はきいた。

「今言ったとおりですよ。兄貴は皆が見ていると、わざとこういう態度をとるんですよ。自分でなんとか上がれるのにね」

「自分で上がったことがあるのか」

「へえ。あっしが親方のところに行ったりして留守のときには、自分で水瓶から水を飲んでいますからね。でも、あっしがいるときはやらねえ。ようするに、わがままなんですよ。おっと、大家さん。手を貸さねえでくれ」

大家が麻吉に手を貸そうとするのを、修次が止めた。

「兄貴に甘い顔をしちゃだめだ。付け上がるだけだ」

「修次、なんて言いぐさだ」

大家が気色《けしき》ばんだ。

「大家さんたちは、この男の狡賢《ずるがしこ》さを知らないから同情するが、俺は身近にいるからこの男の腹黒さを一番よく知っている」

麻吉は恨みのこもった目を向けて、

「き、さ、ま……」

きさまと言ったきりで、あとは口を喘がせただけだ。涎をだらだら流して。

「汚え野郎だぜ」

修次は顔を近づけ、

「俺に歯向かおうってのか。おう、上等だ。歯向かえるものなら歯向かってみねえ」

「修次。それがおめえの兄弟子に言う言葉か」

大家が堪《こら》えきれずに言う。

「そう、確かに兄弟子だ。だから、こうやって面倒見ているんじゃねえのか。病気になる前は、俺はずいぶんこの男にいじめられたんだぜ。鑿の使い方がなっちゃいねえ。そんなんじゃお客から金をとれねえ、てめえなんか、職人は無理だ。商売替えを考えろなどと毎日罵声を浴びせられてきたんだ。頭を小突かれながらな」

修次は戸口に立っているおふでたちのほうを見て、

「あんたら、俺がさんざんこの男にいじめられたのを見ていないから、いろいろ言うが、こいつにはこれぐらいのことは当然だ」

と、吐き捨てた。

「修次。おめえ、最初からちゃんと面倒を見る気などなかったんだろう。鬱憤《うっぷん》を晴らすために、八つ当たりの相手にするために、麻吉を引き取ったんじゃねえのか」

「ふん」

修次は鼻で笑った。

「食い物にしてもそうだ。麻吉にちゃんとしたものを食わせているのか。てめえばかりいいものを食って残り物しかあげていねえんじゃないのか」

「そんなに言うなら、兄貴にきいてみようか。おい、兄貴。食えねえものばかりを出しているって言われちまった。そんなことねえよな」

修次は麻吉に顔を近づけた。

麻吉は涎をたらしながら、修次を睨みつけた。唇がかすかにぴくぴく動くが、言葉にはならない。

「なんとか言えよ」

修次は口許を歪め、

「なんでえ、そんな目をしやがって」

「修次。もういいだろう。皆が見ているんだ」

剣一郎は声をかけた。

「へい。青柳さまに言われたら仕方ねえ」

そう言い、修次は土間を下り、麻吉の体を持ち上げて、部屋に上げた。

「皆さん方、どうぞお引き取りを。青柳さまもどうぞお引き取りください。長屋の方々は騒ぎ過ぎなんです」

修次は上り框に改めて畏《かしこ》まって言う。

「麻吉はいつ倒れたのだ?」

剣一郎は麻吉から修次に顔を向けた。

「ひと月ちょっと前に親方の家の仕事場で倒れたんですよ。中風です。命は助かったんですが、このありさまです。やい、くたばり損ない。さっさと、向こうへ行け」

またも修次は罵声を浴びせた。

麻吉の指先が細かく震えているのは病のせいではない。怒りからだ。憎悪に満ちた目で、修次を睨んでいる。

修次は無視して、

「あっしが一番いっしょに仕事をしてきたんで、親方から面倒を見てやれと言われましてね。あっしもそうですが、兄貴も身寄りがないんです。兄弟子だし、いやとは言えないんで、ここでいっしょに暮らすようになったってわけです」

「いつも、こんな感じなのか」

剣一郎は眉《まゆ》をひそめた。

「そんなことありません。よそのひとは、いつもこういう姿しか見ちゃいないので、あっしがいじめているように見えるでしょうが、もともと兄貴は自分勝手でわがままなひとでしたからね。倒れて体が言うことをきかなくなってから、よけいにいらついて、ちょっとしたことにも当たるようになったんです。そんなときの兄貴の姿を見ていれば、長屋のひとたちもあっしの味方になってくれるでしょうが……」

修次は口許を歪め、

「兄貴、てめえはずるい男だぜ。自分だけいい子になりやがって。俺の世話を受けている恩を忘れやがって」

「修次さん。じゃあ、ときたま麻吉さんの悲鳴が聞こえるけど、何をしているんだえ。一度、戸の隙間《すきま》から覗いたけど、麻吉さんの腕をねじあげていたじゃないか」

おふでが口出しした。

「何かの見間違いだろう」

修次は顔を歪めた。

「見間違いじゃないよ。この目でしっかり見たんだ。だから、悲鳴が聞こえるたびに、またおまえさんが麻吉さんをいじめているんだと思っていたんだ」

「………」

修次は答える代わりに薄ら笑いを浮かべた。

「修次。いいか、もし、今後もいじめるようなら、麻吉を別の場所に移す」

大家が怒りを抑えきれないように、

「小町屋さんが引き取って面倒見ると仰ってくださっているんだ。おまえだって、そのほうがいいだろう」

「大家さん。そいつはやめてもらいましょう。そんなことをされたら、あっしの顔が潰《つぶ》れちまう」

「顔が潰れる?」

大家が意外そうにきいた。

「そうですぜ。親方に頼まれたんだ。親方の頼みをこなせねえようじゃ、あっしの立場もなくなるってことだ」

「ふん、知っているよ」

おふでが蔑《さげす》むように言う。

「なにを知っているんだ？」

修次が顔をしかめてきく。

「おまえさん、親方の娘さんを狙っているんだろう。あたしゃ、知っているんだ」

「いい加減なこと言わないでくれ」

修次は少しあわてたようになって、

「さあ、帰ってくれ。まだ、仕事が残っているんだ」

と、大声を張り上げて追い出しにかかった。

壁際に文机があり、その上に鑿や木槌《きづち》が置いてある。

「修次さん、いいかえ。隣で聞き耳を立てているからね」

おふでが声を張り上げた。

「ちっ」

修次は不貞腐《ふてくさ》れたように舌打ちした。

「修次。兄弟子とはいえ、赤の他人だ。そんな麻吉の面倒を見るのはなかなか出来ることではない。しっかりと面倒を見てやれ」

剣一郎は声をかけた。

「へい」

「それから、わしがここに来たのは為五郎の修次への言伝てを頼まれたからだ」

「為五郎さんの？」

修次はため息をつく。

「麻吉をいたわってやれ。それが為五郎の言葉だ」

修次は口許を微《かす》かに歪めた。

「みな、引き上げよう」

剣一郎は言い、みなを外に連れ出した。

おふでが木戸口までついてきて、

「青柳さま。いいんですか」

と、不満を口にした。

「なにがだ？」

「修次さんの肚《はら》はわかっているんです。親方の娘さんですよ」

「さっきもそのことを言っていたが？」

「親方の娘さんは十九歳でとってもきれいなひとだそうですよ。親方は麻吉さんを婿に考えていたそうです。でも、麻吉さんがこんなことになってその話も立ち消え。そこで、修次さんがしゃしゃり出てきたんですよ。麻吉さんの面倒を見るのも、親方や娘さんからよく思われたいからで、本心から面倒を見ているんじゃありません」

「考えすぎではないのか」

剣一郎はたしなめるように言う。

「壁越しに、そう言っているのを聞きました」

おふでは憤然と言った。

「修次が自分でそう言ったのか」

「そうです。あたしだけじゃなくて、うちのひとも聞いています」

「なんて言ったのだ？」

「おまえ、悔しいだろう。このままなら、いずれ、親方のお嬢さんは俺のものだと。憎たらしいったらありゃしない」

おふでは忌《い》ま忌ましげに言う。

「青柳さま。なんとかなりませんか」

大家がさじを投げたように言う。

「最初、中風にかかった兄貴の世話をしたいから引き取ることにしたと相談されたときには、えらいと褒めたものだ。まさか、こんなことになるなんて」

「大家の言うこともきかないのか」

剣一郎は首を横に振ってから、

「しかし、病人の面倒を見るのは楽ではない。厠に連れて行くにもたいへんだ。たとえ、魂胆があったにしろ、それを修次はやっているのだからな。それに親方から頼まれたとなれば、奉行所の人間がとやかく言う立場にはない。親方に相談したらどうだな?」

「だめです」

「だめ?」

「はい。一度、親方に相談にいったんです。親方も驚いて駆けつけてくれました。そしたら、どうですか。修次の態度はころっと変わっちまいました」

「変わった?」

「ええ、そうですよ」

おふでが引き取って憤然という。

「麻吉さんにやさしい声をかけるわ、いたわるわ、自分から飯をたべさせるわ、呆れ返りましたよ」

「おふでさんが言ったように、親方には気に入られようとしているんですよ。ですから、親方や娘さんが来たときには本性を隠していい人間を装《よそお》っているんです。とんでもない奴だ」

「しかし、わしの前では装わなかったが」

剣一郎は腑《ふ》に落ちないように言う。

「そうですね」

大家は首を傾《かし》げた。

「修次の親方は誰なんだね」

「飾り職人の森蔵さんです。長谷川町《はせがわちょう》の『彫森』ときけば、すぐわかります。今は、修次は自分の住まいで親方から仕事をもらってやっています」

「さっき話に出た小町屋というのは？」

剣一郎はついでにきいた。

「須田町《すだちょう》にある小間物屋でございます。主人は沢治郎《さわじろう》さまです。『彫森』は『小町屋』からの注文を請《う》けて仕事をしています。今まで『小町屋』の仕事は麻吉さんがやっていたそうです。だから、小町屋さんは麻吉さんの面倒を見ようと申し出てくれたそうです」

「小町屋はずいぶん親切な男のようだな」

剣一郎は感心しながら言う。

「はい。とてもやさしいお方です。仏の沢治郎と呼ばれ、困っている者がいれば、必ず手を差し伸べます。職人も大切にし、仕事が出来なくなった今も、ときたま麻吉さんの見舞いに来ています」

「そういえば、いつぞや火事で焼け出された者たちのために焚《た》き出しをしたり、仮住まいを建ててやったりした男がいたが、そうか、あの男が小町屋だったたな」

剣一郎は思いだしてから、

「で、麻吉の容体はどうなのだ?」

「可哀そうですが、再び仕事が出来るようになるのは難しいということです。修次はもし親方の娘さんとのことがなくなったら、もう麻吉さんの面倒は見ないでしょう。そうなることは目に見えています」

「しかし、小町屋のところに行っても同じではないのか。麻吉の面倒を一生見てくれるわけではないだろう。修次より、小町屋のほうが麻吉との関わりが薄い」

「そうですが……」

大家は不満そうに答える。

「看病は疲れるものだ。修次とて、いらいらが募《つの》り、つい麻吉にも当たってしまうのかもしれない。まあ、長屋の者が力を貸してやれば、修次の気持ちも落ち着くだろう。もうしばらく様子を見ろ。それでも、目に余るようなら、わしがなんとかしよう。約束する」

「わかりました。ありがとうございます」

大家とおふでに見送られて、剣一郎は長屋を出た。

四

ふつか後の昼過ぎ、剣一郎は着流しに編笠をかぶって駿河台下《するがだいした》にある太田姫稲荷《おおたひめいなり》の拝殿の脇で、火盗改め与力の山脇竜太郎《やまわきりゆうたろう》を待っていた。

ようやく、鳥居を着流しの武士がくぐって来た。

「お待たせした」

竜太郎は形ばかりの詫《わ》びを言う。

「青柳どのが屋敷まで訪ねてくるとは思いがけないことでした」

どちらからともなく、人気《ひとけ》のない植え込みのほうに移動した。

「教えていただきたいことがありましてね」

剣一郎はさっそく切り出す。

「百足の権蔵のことです」

「権蔵がどうかしたのか」

「いえ、まあ、はっきりしたわけではありませんが、じつは牢屋敷を狙ったと思える付け火の未遂が二件発生しました」

「牢屋敷？」

竜太郎が顔色を変え、

「権蔵を助け出す狙いか」

と、きいた。

「いえ、まだ、そうとも言い切れません。死罪になる罪を犯した囚人が他に四人います。我らは権蔵を含め五人に絞りましたが、ひょっとしたら、それ以外の囚人に関わりあるものか、さらには狙いは牢屋敷以外ということも考えられます。

何もわかっていません。ただ、一つずつ潰していくしかありません」

「うむ」

竜太郎は厳しい顔で頷き、

「権蔵一味は我が火盗改めが捕まえたが、隠れ家にひとりだけいなかった男がいる。丹蔵という三十前の男だ」

「いまだに行方はわからないのですね」

「わからぬ。そのことも問題だったが、当初から気になることがあった」

「なんでしょうか」

うむと、また竜太郎は唸った。

百足の権蔵一味はもともと関八州《かんはっしゅう》で押込みを働いていたが、二年前から江戸に進出し、五件の押込みを成功させている。

権蔵の下に子分が十人いた。軽業師だった者が何人かいて、ひとりの肩の上にひとりが立ち、さらにその肩に別の人間が乗る。したがって、どんな鋭《するど》い忍び返しのついた高い塀も難なく乗り越えられるのだ。そして、家に押し込み、土蔵の鍵《かぎ》を奪って金を盗む。抵抗する者は容赦《ようしゃ》なく殺す。

「我らは内偵を続け、一味の者らしい男を捕まえた。その男から本所の隠れ家がわかった」

火盗改めは、火付、盗賊や博打《ばくち》などの極悪人を怪しいと思えば容赦なく、どこへでも踏み込んで、どしどし捕まえることが出来る。奉行所のように、証拠がどうのこうのという七面倒くさいことは必要ないのだ。

あとは拷問《ごうもん》にかけて、一切を白状させる。そうやって、隠れ家の場所を探り、そこを急襲したのだ。

「隠れ家に押し込んだとき、手下は抵抗したのでほとんど斬り捨てた。しかし、権蔵は歯向かわなかった。あっさり、武器を捨てたのだ。凶悪な百足の権蔵の最後にはふさわしくない態度だった」

竜太郎は顎《あご》に手をやった。

「青柳どのの話を聞いて、俺はそのことを思いだした」

「すると?」

「そうだ。万が一のときには、権蔵は素直に捕まるつもりでいたのではないか。丹蔵と示し合わせていたからだ。権蔵は拷問にかけても丹蔵の居場所を言おうとしなかった。火事による逃亡のことを考えていたからかもしれぬ」

「まだ、しかと丹蔵の仕業とは言い切れませせぬが」

「いや。間違いない。改めて丹蔵の探索を徹底させる」

　竜太郎は厳しい顔になった。

「手掛かりはあるのですか」

「丹蔵が隠れ家にいなかったのは、たまたま用事で外出していたとも考えられるが、はじめから丹蔵だけは別の住まいがあったとも考えられる」

「女ですか」

「さすが、青痣どの。よく、察した。じつは権蔵が、丹蔵は女といっしょに、俺を裏切って逃げたと言っていたが、そうじゃなかったのだ。万が一に備え、丹蔵だけは女と別のところに住まわせていたのではないか。女の線から、行方を摑めるかもしれない」

「女の手掛かりは？」

「まあ、そのことは我らに任せてもらおう。百足の権蔵のことは、こっちでちゃんとおとしまえをつける」

　奉行所に手出しはさせないと言うように、竜太郎は口許に冷笑を浮かべた。

「わかりました。何かわかったら、教えてください」

「いいだろう」

竜太郎は請け合ってから、すぐに引き上げて行った。

駿河台から須田町にやって来たとき、筋違御門《すじかいごもん》のほうからやって来た京之進と出会った。京之進は剣一郎に気づいて駆け寄って来た。

「青柳さま。どうも、いけません。役者崩れの音次郎の若い情婦は池之端《いけのはた》の料理屋で働いていたのですが、半月前に辞めていました。住まいの長屋も引っ越しているようです」

「情婦の名は?」

「おつたです。おつたに言い寄ってくる客は何人かいたようです。ほとんど商家の旦那か職人でしたが、冬太郎《ふゆたろう》という遊び人ふうの男がいたそうです」

「冬太郎がどこの者かわかっているのか」

「いえ。朋輩《ほうばい》の話では、根津《ねづ》のほうから来ているみたいだと言ってました」

「根津か」

「はい。名前がわかっているので、根津一帯を捜してみようと思います。その前に、手代孝太郎の弟の居場所だけでも確かめようと思っています」

「弟はどこに?」

「弟は孝太郎が捕まった後に引っ越しており、今は北森下町《きたもりしたちょう》の又兵衛《またべえ》店に住んでいるようです。孝助《こうすけ》と言って、指物師《さしもの》でしたが、博打好きで、いつも兄の孝太郎に金をせびっていました」

「よし。孝助はわしが訪ねよう。あとふたりだな」

「はい。無宿人喜三郎の弟分と毒婦お熊の若い情夫です。では、私はふたりの居場所を確かめます」

京之進と別れ、剣一郎は柳原《やなぎわら》通りから両国広小路《りょうごくひろこうじ》を抜けて両国橋を渡った。大川《おおかわ》にはたくさんの涼《すず》み船が出ている。

橋を渡り、回向院前から竪川《たてかわ》に出て、二《に》ノ橋《はし》を渡った。

北森下町の又兵衛店はすぐにわかった。長屋木戸を入り、笠をとって井戸端にいた女房に孝助の住まいを訊ねる。

左頰を見て目を見張ったが、女房は孝助の住まいを指さしてから、

「最近、引っ越してきました。今は、仕事に行って留守です」

と、答えた。

「仕事場は？」

「さあ、私はわかりません。大家さんにきいてみます」

女房は木戸のほうに行き、木戸の横にある家の裏口の戸を開けて、

「大家さん」

と、呼んだ。

「どうした?」

小さな顔に細かい皺《しわ》がたくさんある男が出て来た。

「これは青柳さまで」

大家が顔を引き締めた。

「孝助の仕事場を知りたい」

「海辺大工町《うみべだいくちょう》にある指物師の久吉《ひさきち》親方のところです」

「久吉親方だな。ところで、孝助の様子はどうだ? 兄の孝太郎の件は知っているな」

「はい。以前はかなり手慰《てなぐさ》みをしていたようですが、最近は心を入れ換えてまっとうに働いています」

「夜、外出はしていないのか」

「いえ、いつも暮六つ(午後六時)には帰って来ています」

「最近、孝助が遅く帰って来たことはあるか」

「いえ、ないと思いますが」

大家は首を傾げた。

「風があった日」

女房が口を開いた。

「確か、木戸を閉める寸前に帰ってきました。うちのひとが当番でしたから」

「四つ（午後十時）か」

通旅籠町に賊が現われたのは五つ半（午後九時）過ぎだ。ここまで帰って来ると、ちょうどその時刻か。

「あの、孝助に何か」

「いや。罪を犯した者の身内のその後のことを調べているのだ」

「そうでございますか。まさか、孝太郎さんがあんなことをするとは想像も出来ませんでした」

「孝太郎を知っているのか」

「いえ、会ったことはありませんが、孝助が全て話してくれました。話を聞く限りでは、あのようなだいそれたことをする人間には思えませんでした」

「孝助はどんな話をしていたのか」

「はい。幼い頃にふた親と死に別れ、兄の孝太郎さんが佐賀町《さがちょう》にある鼻緒問屋『相馬屋《そうまや》』の丁稚奉公《でっちぼうこう》に、孝助が久吉親方の内弟子にと、それぞれ別れ別れになったせいか、手代になってから孝太郎さんはときたま会いにきたと。お店の合間に出てきているので、いつも長居は出来なかったようですが、ふたりは仲がよかったですね」

「孝助は手慰みをしていたと言ったが」

「ええ。かなり、のめり込んでいたそうです。それで、孝太郎さんがなんとか立ち直らせようとしていたのです。それなのに、孝助は博打で大負けしやがった……」

皺の浮いた大家の顔が激しく歪んだ。

負け金の十両を払わないと簀巻《すま》きにされて川に放りこまれると孝助は孝太郎に泣きついた。そのために、孝太郎は『相馬屋』の主人に前借りを頼んだ。以前にも孝助のために、たびたび前借りをしていたため、主人からきっぱりと断わられた上に激しく叱責された。だが、十両がないと、孝助が殺されてしまう。それで、盗人に見せかけて夜中に主人の部屋に忍び込んで手文庫から金を盗もうとした。

だが、主人に気づかれ、持っていた拳《こぶし》の大きさの石で頭を殴って殺し、十両を盗んで逃亡した。

それが一カ月半前のことだった。そして、すぐに、孝太郎に疑いがかかった。最初は否定していたが、やがて罪を認めたのだ。

「孝助は博打から足を洗うことが出来たようですが、その払った代償はあまりに大きいと言わざるを得ません」

大家はやりきれないように言い、

「青柳さま。やはり、孝太郎さんは死罪に？」

「それは逃れられぬだろう」

「そうでしょうね。で、いつごろに？」

「あとはお奉行のお白州《しらす》があり、それからだから早くて四、五日。おそくとも十日以内には処刑ということになろう」

孝助は兄を助け出そうとするだろうか。

孝太郎は盗んだ金を、孝助の長屋の土間に投げ入れたのだ。孝助はその金を持って博打の借金を返した。

兄は恩人だ。自分を守ってくれた兄が死罪になる日が迫っている。兄を助けたい。その思いから牢屋敷近くに火を放つ。考えられないことではなかった。

長屋をあとにしてから、剣一郎は海辺大工町に向かった。

指物師の久吉親方の仕事場は表通りに面した間口の広い家で、戸を開けると、板の間に五、六人の職人が働いていた。

桐《きり》の箪笥や箱などを仕上げている者や板に鉋《かんな》掛けをしている者など、みな一心不乱に仕事をしていた。

鬢に白いものが目立つ眼光の鋭い男が木槌を使う手を休めて顔を上げた。

親方の久吉のようだ。

「これは青柳さまで」

「仕事の手をとめさせてすまない。孝助に会いたいのだが」

剣一郎が言うと、端にいた若い男が顔を向けた。

「孝助」

久吉が呼ぶ。

「いや、よい。堀のそばで待っているから、手が空いたら来てくれ」

「青柳さま。すぐに行かせます」

久吉が応じる。

「すまなかった」

剣一郎は外に出て、小名木川《おなぎがわ》に向かった。

川の辺《ほとり》に立ったが、待つほどのこともなく孝助がやって来た。

孝助は色白の細身の男だった。眉は濃く、切れ長の目は少し鈍《にぶ》い光を放っている。妙におどおどし、表情は暗かった。

賊は笠をかぶっており、暗がりだったので、孝助かどうかわからない。

「兄さんに何かあったんでしょうか」

孝助がおそるおそるきいた。

「いや。そうではない」

「そうですか」

ほっとしたような表情をしたのは、兄の処刑を伝えに来たと思ったからだ。

「孝太郎はなぜ、あんなばかなことをしたと思うのだ？」

「あっしのためなんです。兄さんはあっしのせいであんなことに……」

孝助は拳を握りしめて俯《うつむ》いた。

「孝太郎はなぜ、そんなにそなたのために尽《つ》くしたんだ？」

「おっかさんは孝助を頼むと言い残して死んでいったんです。おっかさんの遺言《ゆいごん》を守って……。あっしはそれに甘えていた。だから、こんなことに」

「なぜ、手慰みをしたんだ？」

「へえ、たまたま知り合いに連れて行ってもらった賭場《とば》でつきまくって。かなり儲《もう》けたんです。そいつがいけなかった。あとは負け続けで」

「金がなくなると、孝太郎にせびるようになったのか」

「はい」

「孝太郎は博打ですられたことを知っていたのか」

「へい。金をくれるたびに、もう二度とするなと強く言われました。でも、あっしはやめられなかった」

「十両も大負けしたのはほんとうか」

「へい」

俯いて消え入りそうな声で、孝助は答えた。

「助けられるなら、どんなことをしてでも孝太郎を助けたいと思うか」

「助けたい。出来ることなら、あっしが身代わりになりたい。兄さんは、最後まであっしのことを思ってくれていました。あっしで出来ることがあれば、なんでもやる。そう思っています」

孝助は身を震わせた。

なんでもやるというのは、牢屋敷近くに火を放ってまでもということだろうか。そこまで思いつめているのだろうか。

「十一日の夜、帰りが遅かったようだな」

剣一郎は核心に触れた。

「十一日ですかえ」

「風の強い日だ」

「ああ、あのときは……」

孝助はあとの声を呑んだ。

「どうした？」

「ええ、ちょっと知り合いのところに寄ってました」

「誰だね、教えてもらえぬか」

「へえ……」

孝助は迷っていたが、

「どうして、そのことが大事なのでしょうか。あっしに何か疑いでもあるんで？」

「確かめたいことがあるのだ」

「十一日に何かあるのでしょうか」

孝助は不安そうにきいた。

「では、言おう。十一日の夜五つ半（午後九時）過ぎ、牢屋敷付近の通旅籠町で付け火をしようとした男がいた」

「……………」

「そなたを疑っているわけではない。だが、そなたであっても、少しもおかしくない。牢屋敷に火がかかれば囚人は三日間解き放すことになっているのだ」

「そうですか。そんなひとがいたんですか」

孝助はぽつりと言い、さらに続けた。

「それがうまく行くと、兄さんに会えますね。最後のお別れが出来ます」

しみじみ言う孝助の目に光るものを見た。そのとき、孝助は違うと思った。

「わかった。もういい」

「本所一《ひと》ツ目《め》に住む竹蔵《たけぞう》という男です」

いきなり、孝助は口を開いた。

「いや、もういい」

「相生町一丁目《あいおいちょう》です。回向院の近く……」

孝助は一方的に喋った。竹蔵は青物の行商をして日銭を稼いでいる棒手振《ぼてふ》りらしい。

「孝助、わかった。もういい」

「兄さんになんていって謝ったらいいか。兄さん、すまねえ。許してくれ……」

孝助は何かに憑《つ》かれたように孝太郎への詫び言を繰り返していた。

五

親方のところに行って来ると言い、修次が出かけた。

麻吉は壁に手をついて起き上がった。だが、足に力が入らない。踏ん張りがきかずに、くずおれた。

もう俺は仕舞いだ。こんな姿で生きていても仕方ねえ。いや、仕事も出来ねえ。ひとりになれば野垂《のた》れ死にするしかない。それも仕方ないと思っている。

だが、修次だけは許せねえ。今も親方のところに行くと言ってでかけたが、ほんとうの狙いはおくみだ。

俺がこんな病に倒れなければ、いつか俺はおくみといっしょになれるはずだった。それを、修次が横取りしようとしている。

それも、俺の看病をだしにして、親方やおくみの歓心を買おうとしている。その魂胆が許せなかった。

修次のやり方を見ていると腸が煮えくり返る。それなのに、何も出来ない自分が惨めだった。

修次をおくみといっしょにはさせねえ。させてたまるものかと、麻吉は腹の底から呻いた。

手だけでももう少し自由になりたい。せめて、包丁を握り、修次の心ノ臓に突き刺すことが出来るぐらいになりたかった。

その思いで必死に壁に手をつき、立ち上がろうとしては失敗を繰り返した。そのうちに、疲れてきた。

畳に突っ伏し、またも悔し涙を堪えた。

腰高障子が開いた。修次にしては帰りが早すぎる。

「麻吉さん、ひとりか」

麻吉は顔を上げて、男を見る。

四十がらみの渋《しぶ》い感じの男が立っていた。小町屋沢治郎だ。

「こ、ま、ち、や、の……」

呂律のまわらない声を出す。

「麻吉さんをひとりにして、修次さんはお出かけですか」

小町屋は不快そうに言い、上り框に腰を下ろした。

「麻吉さん。どうだね、ここでの暮らしは？」

小町屋は煙草《たばこ》入れを出し、煙管《きせる》を手に持った。

「すまない。煙草盆はないかね」

「へ、い」

麻吉は反対側の壁際にある煙草盆まで這うようにした。だが、あまり進まない。

「あっ、これはすまなかった。麻吉さん。無理をしなさんな。いいんだ」

見かねたように、小町屋が言う。

麻吉は懸命に踏ん張った。だが、小町屋が部屋に上がり、煙草盆を引き寄せた。

小町屋は刻みを詰め、火をつける。

「麻吉さん、だいぶ言葉もはっきりしてきたようですね」

煙《けむり》を吐いてから、小町屋がきく。

「いえ、ま、だ……。長い、こ、と、ばは、だ、め、です」

「そうですか。私は麻吉さんのことを買っていたんですよ。麻吉さんの腕は誰にも負けません。親方だって敵わないかもしれません。残念です」

小町屋は眉根を寄せた。

あっしも悔しい、と麻吉は呻いた。

「私の店から帰って倒れられたと聞いて、とても驚きました」

「お、ぼ、え、て、な、い……」

麻吉は喘ぎながら口にした。

「まだ、思いだせませんか」

小町屋は痛ましげに目を細め、

「倒れる前、麻吉さんはうちにいらっしゃっていたのです。注文の簪を持ってきてくれたのです。ちょうど、その日、依頼主のお武家さまもお出ででした。ぜひ、麻吉さんにお会いしたいと仰られてお引き合わせをしました。そうですか、思いだせませんか」

「す、み、ま、せ、ん」

　麻吉は頭を下げた。が、実際には頭は動いていなかった。

　自分が倒れた前後のことは何も覚えていないのだ。

「いいんですよ。そんなことを気にする必要はありません。それより、麻吉さん。今後のことなのですが」

　小町屋は煙管の雁首《がんくび》を灰吹《はいふき》に叩いてから、

「このまま、ここでずっと暮らすわけにはいきますまい。いかがでしょうか。私どもの寮が橋場《はしば》にあります。隅田川《すみだがわ》のそばで、風光明媚《ふうこうめいび》なところでございます。そこで、養生されたらいかがでしょうか」

「あ、り、が、て、え……」

　麻吉は素直にありがたいと思ったが、こんな姿で生きていたいとは思わなかった。それより、死にたいのだ。ただ、このまま死ねば、おくみが修次のものになってしまう。『彫森』も修次があとを継ぐようになる。そればかりは許せなかった。

　修次を殺して俺も死ぬ。それが、いまの麻吉の望みだった。

「こんなことは言いたくありませんが、修次さんの仕打ちは酷《ひど》いものだ。私も見るに見かねている。親方にも訴えたのですが、修次さんは親方の前ではまったくの別人です。親方もおくみさんもすっかり修次さんに騙《だま》されている」

小町屋は憤慨した。

「出来ることなら、いますぐにでもおまえさんを橋場に連れて行きたい。おまえさんは名人といわれるようになるほどの職人です。そんなひとをこんな惨めな……。いや、すまない。おまえさんを傷つけるようなことを言って」

あわてて、小町屋は謝った。

「い、い、え」

小町屋さんのお気持ちは涙が出るほどありがてえ。でも、一生、ひとさまの厄介になって生きていくのは堪《た》えられない。だから、橋場には行けねえ。それだけじゃなく、修次をこのままにしておくことは出来ねえ。俺の願いは、修次を殺して自分も死ぬ。それしかない。

その気持ちを、小町屋に伝えることは難しかった。

いきなり、戸が開いた。

(修次)

麻吉は恨みの籠もった目で迎えた。

「おや、小町屋さんじゃありませんかえ」

修次が口許を歪めて言う。

「お邪魔していますよ」

「あっしに用ですかえ。それとも、麻吉兄貴に？」

土間に入ってきて、修次はきく。

「麻吉さんのご機嫌伺《うかが》いです」

「そうですかえ」

修次は部屋に上がり、麻吉に冷たい目をくれてから、

「麻吉兄貴は体がこんなになっていらついていて、あることないこと口にしています。あまり、取り合わないでくださいな」

と、小町屋に言う。

「修次さん。言っちゃなんですが、このような狭《せま》い部屋に大の男がふたりで住むのは息苦しくてなりますまい。いかがでしょうか。私どもの橋場の寮……」

「待ってくださいな」

修次は小町屋を制した。

「小町屋さんのお話はたいへんありがたいのですが、あっしは兄貴の面倒を見る

ように親方から頼まれていますす。ですから、あっしが兄貴の面倒を見させてもらいます」

「しかし、この先何年もというわけにはいきますまい」

「そのとおりで」

修次は真顔で頷き、

「そのうち、あっしも身を固めたいと思っています。そしたら、兄貴とはいっしょに暮らすのは無理になります」

身を固めるだと。おくみとのことを言っているのかと、麻吉は悔しさに身震いした。おくみと所帯を持てば、俺は用済みだということだ。

「身を固めるとはひょっとして親方の娘さんと？」

小町屋がきく。

「まあ……」

修次は曖昧《あいまい》に笑う。

「それはいつごろに？」

「さあ、三カ月先か半年先か……」

「しかし、三カ月から半年もここで暮らすのは長すぎませんか。それに、何も身を固めるまで待つ必要はないと思いますが」

「親方の信用を得るためにはそのぐらいの日数が必要なんです」

「親方の信用？」

「いえ、こっちのことで」

「親方には私からもう一度話してみますが」

「いえ。それには及びません」

修次はきっぱり言ってから、

「それより、肝心の本人がここにいることを望んでいるんですから」

修次、きさま、いい加減なことを言いやがって。俺が望んでいるのはおめえの命が欲しいからだ。

「麻吉兄貴。どうだね、小町屋の旦那に面倒を見てもらうかえ、それとも、ここにいるかえ、どうなんだ？」

修次はにやつきながらきいた。

麻吉は涎を垂らしながら修次を睨みつけていた。

肩を落として小町屋が引き上げたあと、修次は文机に向かい、仕事をはじめた。一人前面をしているが、俺が手解《てほど》きをしてやったのだ。不器用なおまえがここまでなれたのは誰のおかげだと思っているのだ。

壁に寄り掛かり、麻吉は修次の横顔を睨みつけた。これさえもっと動けばと、
麻吉は自分の右手をゆっくり持ち上げる。

なんとか手は上がったが、まだ指先に力は入らない。これでは包丁は握れな
い。口惜しかった。気ばかり焦《あせ》る。

「の、ど……」

喉が渇いたと訴える。

修次は顔を向け、

「自分で行け」

と、面倒臭そうに言う。

歯噛みをし、麻吉は這いつくばって上り框まで行き、体を落とすようにして土
間に下りた。

また、膝を打った。肘《ひじ》にも痛みが走った。

やっとのことで杓に水を汲んだ。だらしなく口からこぼしながら水を飲む。着
物の前が濡れた。

またも包丁が目に飛び込んだ。いまに、見ていろと思ったとき、ふとある考えが脳裏を掠《かす》めた。

何も自分で手をくださなくてもいいのだ。誰かに代わりにやってもらう。だが、そんな人間がいるだろうか。

いたとしても、金が必要だ。金だ。俺の金はどうしたのか。少しは蓄《たくわ》えがあったはずだ。麻吉は這い上がった。

「か、ね……。お、れ、の、か、ね」

修次に訴える。

「かね？」

修次が不思議そうな顔をした。

「おれ、の、かね。な、が、や、に、あった……」

「金のことか。そういえば、金があったようだな」

「かえ、せ」

「返せだと？　人聞きの悪いことを言うな。あの金は、兄貴には無用の長物だ。そうだろう。忘れることだ」

「なん、だ、と」

麻吉は懸命に声を絞り出した。

「かねを、どう、した?」

「どうするもなにもねえよ。俺が兄貴の面倒を見ているんだ。兄貴の金も俺が預かるのは当然だ」

修次は涼しい顔で答える。

やっぱり、俺の金を懐《ふところ》にしたに違いねえ。ちくしょう、何から何まで、ひとを虚仮《こけ》にしやがって。麻吉はのたうちまわりたいほど呻いた。

「なんでえ、その顔は?」

修次は顔を歪め、

「俺が兄貴、兄貴って立てているからっていい気になるな。もう、おめえは兄貴でもなんでもねえんだ」

(この野郎)

と、麻吉は修次に飛び掛かろうとした。だが、修次に行き着く前に力つきて倒れた。

「いいかえ。もう自分がいままでの自分じゃねえってことをはっきり悟《さと》ることだ。俺に世話になっているってことも忘れるんじゃねえ」

修次は憎々しげに顔を歪めて言ったあとで、含み笑いをし、

「おくみさんのことは心配いらねえ。俺に任せろ。俺が可愛《かわい》がってやる。おくみさんとの縁談が決まったら、おめえを小町屋の旦那に預けてもいいぜ。小町屋の旦那の世話を受けながら、おめえはただ無意味に暮らしていけばいい」

許せねえ、もう許せねえ。いまに見ていろと、麻吉は呻いた。悔しさに噛みしめた唇から血が滲《にじ》んでいた。

第二章　怨念《おんねん》

一

朝から雨だった。

唐傘を差した剣一郎は相生町一丁目の竹蔵の長屋にやって来た。

竹蔵は青物の行商をしている棒手振りだから、雨の日は出かけないだろうと思っていたが、剣一郎が腰高障子を開けたとき、竹蔵は合羽《かっぱ》を着て土間にいた。

「竹蔵か」

「へい」

「南町与力の青柳剣一郎だ」

「存じあげておりやす」

当惑した顔で、竹蔵は答えた。

「出かけるのか」

「へい。仕事に」

「この雨の中をか」

「あっしが来るのを待っているひとがいるかもしれません」

「そうか。じつは、孝助のことで話をききたいのだが……」

「孝助さんのことで?」

部屋で人影が動いた。女だ。

「おまえさん」

女が呼びかけた。

「おかみか」

剣一郎は確かめる。

「へえ」

「おすみです」

上り框まで出て来て、妻女が名乗った。

「すまないな。すぐ終わる」

剣一郎はおすみに告げる。

「いいえ。それより、孝助さんに何か」

おすみが真剣な眼差《まなざ》しできく。

「先日の十一日の夜、孝助はここにやって来たか」

「十一日の夜ですか。ええ、来ました」

竹蔵に続いて、おすみが不安そうに口を開いた。

「孝助さんは五つ半（午後九時）過ぎまでいました。孝助さんに何かお疑いでもかかっているのでしょうか」

「いや、疑いではない。ちょっと気になることがあるんだ」

「気になることですか」

おすみが細い眉根を寄せた。

「五つ半過ぎまでいたのに間違いはないか」

「ありません」

竹蔵が答える。

「青柳さま。孝助さんの気になることと仰るのは？」

「その前に、孝助はどんな用でここにやってきたのだ？」

「近くに来たからと、寄ってくれたのです」

「来たのは何時ごろだ？」

「暮六つ（午後六時）を過ぎてからです」

「五つ半過ぎまで、ずいぶん長くいたな」

「ええ」

「どんな話をしたのだ？」

「それは……」

竹蔵は言いよどむ。

孝助の態度はどこか妙だった。孝助が付け火をしたのではないことはわかっているが、孝助は何かを隠している。そんな感じがしている。

「十一日の夜五つ半過ぎ、牢屋敷にほど近い通旅籠町で付け火をしようとした男がいた」

いきなり、剣一郎はそのことを口にした。

竹蔵とおすみは口をあんぐりとさせた。

「牢屋敷を火事にして、囚《とら》われの身の兄孝太郎を助け出そうとしたのではないかという疑いがかかった」

「孝助さんはそんなことはしません」

竹蔵は懸命に言う。

「わかっている。孝助の仕業ではない。ただ、孝助は……」

剣一郎は竹蔵の様子がおかしいのに気づいた。表情が青ざめてきた。

「竹蔵。孝助はどんな用事でここに来たのだ?」

「……」

「よいか。孝助の兄孝太郎は孝助を助けるために罪を犯し、死罪になろうとしている。私がここに来たのは、孝太郎が処刑されたあとの孝助が心配だからだ。孝助は相当な心の重荷を背負っている。そして、何かを隠している。そなたたちは、それを知っているのではないか」

「おまえさん」

おすみが竹蔵の袖《そで》を引いた。

「ああ」

竹蔵が肩を落とした。

「どうした?」

「青柳さま。申し上げます」

竹蔵が顔を上げた。

「十両は孝助さんが博打で負けた金じゃなかったんです」

「どういうことだ?」

「十両はあっしが高利貸しから借りた金でした。いえ、借りたのは五両ですが、利子が貯まって十両に……」

「十両の返済を迫られていたのか」

「はい。返せないなら、おすみを……」

「おかみを?」

「遊女屋で働いて返してもらうと、取り立ての男が迫りました。そのことを知った孝助さんが自分がなんとかすると言ってくれて」

「自分でなんとかするのではなくて、孝太郎に頼み込んだというわけか」

「はい」

兄に甘えてきたのだと、孝助に呆れた。

「それにしても、なぜ孝助は自分が博打で負けたと?」

「兄の孝太郎さんは、孝助さんのためならどんなことをしてでも金を用立ててくれる。だから、自分のことにしたそうです。それまでにも、孝助さんは手慰みで、何度か孝太郎さんに助けてもらっていたので、負け金の十両のことも素直に信じてしまったそうです」

「なるほど」

剣一郎は頷いたものの、まだすっきりしなかった。

「なぜ、孝助はそなたたちのために金を工面しようとしたのだ？　そなたたちに、よほどの恩誼《おんぎ》があったのか」

「………」

ふたりとも黙った。

「どうした？」

竹蔵とおすみは顔を見合わせた。そして、おすみが頷くのを見て、竹蔵が顔を向けた。

「おすみは指物師の久吉親方のところで女中をしていました」

「では、孝助とは以前からの知り合いか。ひょっとして、孝助は？」

剣一郎はおすみの顔を見た。

「はい。孝助さんはおすみのことを好いていました」

竹蔵が言うと、おすみは頷いた。

「だから、孝助はおすみの難儀を救おうとしたのか」

「そうです。自分には何の得にもならないのに……」

「十両を用立てて、その見返りを求めていないのだな」

「はい。ですから、十一日の夜は孝助さんに来てもらって、ふたりでお詫びと礼を……」

「そうか。そういうわけだったのか」

それで合点がいったと思った。

「青柳さま。私たちはどうしたらいいんでしょうか」

「孝助の思いを汲んでやり、仕合わせになることだ」

剣一郎はそう伝えて、竹蔵の家を辞去した。


夕方、剣一郎は北森下町の又兵衛店にやって来た。

まだ、孝助は帰っていなかった。しばらく待ったが、帰ってくる気配がないので、海辺大工町の久吉親方の家に向かった。

小名木川にかかる高橋《たかばし》に差しかかったころ、空はだいぶ暗くなった。その暗くなった道を俯き加減に歩いてくる男が孝助だった。

橋を渡り切ったところで、孝助は立ち止まった。

「青柳さま」

孝助は頭を下げた。

「朝方、竹蔵とおすみに会って来た」

「そうですか」

孝助は大きく息を吐いた。

「向こうに行こう」

橋の袂《たもと》から川沿いに向かった。

「ふたりから聞いた」

「………」

「なぜ、そこまでして、おすみを助けようとしたのだ?」

「おすみさんが遊女屋に売られることに堪えられなかったのです」

孝助は答えてから、

「でも、そのために兄さんを騙してしまった。ほんとうのことを言ったら、兄さんは金を用立ててはくれません。他人のためには、そこまでしません。だから、嘘《うそ》を」

孝助は言葉を詰まらせ、

「まさか、兄さんがあんな真似《まね》をして金を用立てるなんて」

と、顔を苦しそうに歪めた。

「十両は孝太郎から直接受け取ったわけではないそうだな」

「ええ。土間に投げ込まれました。きっと兄さんはひと殺しをして手に入れた金なので、あっしと顔を合わせられなかったんだと思います」

「その金はすぐに竹蔵のところに持って行ったのか」

「そうです」

「事件のあと、孝太郎とは会ってないのか」

「詮議の場所で顔を合わせただけです」

「十両を使ってしまい、お咎《とが》めはなかったのか」

「盗んだ金だとは知らなかったのと、『相馬屋』の内儀《おかみ》さんの口添えがあって、あっしには何のお咎めもありませんでした。でも、兄さんがあんなことになって……。かえって、あっしも処罰されたほうがどんなによかったか」

孝助は声を震わせた。

「『相馬屋』の内儀はどうして、そなたに寛大だったのだ?」

「あっしに会いに来た番頭さんの話では、内儀さんが兄さんに同情してくれたそうです。弟の難儀のためにやったことだからと……」

自分の亭主が殺されたのに、ずいぶん寛大だと思った。

「番頭はどんな男だ？」

「三十半ばぐらいで、小肥りの穏やかな顔だちのお方でした。『相馬屋』の主人は癇癪《かんしゃく》持ちで、すぐかっとなる。兄さんが逆上したのも無理はないと、内儀さんが言っていると仰ってくださいました。だからといって、兄さんの罪がさっ引かれるわけではありませんが」

孝助は俯き、消え入りそうな声で言った。

改めて、事件の流れを知ると、何かしっくりこないところがあった。最初から振り返ってみて、その点に気づいた。

十両が土間に投げ込まれていたことだ。なぜ、孝太郎は孝助に金を直《じか》に手渡さなかったのだろうか。

本当にひとを殺した負い目から、孝助に合わす顔がなかっただけなのか。

八丁堀の屋敷に帰り、夕餉《ゆうげ》を終えて、居間でくつろいでいた。

縁の下でコオロギが鳴いている。夜になると、風もひんやりとして、秋を感じる。

「父上、よろしいでしょうか」

伜剣之助《せがれけんのすけ》が敷居の前で声をかけた。

「構わぬ」

「失礼します」

剣之助が入ってきた。

剣一郎は書見台を脇にやり、剣之助と向き合った。凛々《りり》しい若者に成長した剣之助は志乃《しの》という妻女を得て、落ち着きも出てきた。

吟味与力の見習いとして、詮議には立ち会っている。

「牢屋敷を狙ったと思える付け火の件ですが」

剣之助が口を開いた。

「きょう、亭主殺しの毒婦お熊の詮議がありました。お熊はまったく悪びれず、堂々としておりました」

お熊は浅草小町《あさくさこまち》といわれるほどの美貌《びぼう》で、十八歳で炭屋の主人の後添いになったが、亭主が一年後に亡くなり、二十一歳のときに瀬戸物屋の主人の後添いになるも、亭主が半年後に亡くなった。さらに、二十三歳になる今年の二月に荒物屋の主人の後添いになった。その亭主が先月のはじめに急死した。いずれも中毒死だった。

いずれの亭主の死もお熊が毒殺したとされた。その詮議の場でも、お熊は顔色を変えることなく、平然と毒殺を否定していたという。

「あれほど堂々としているのは、もしかしたら誰かが助け出してくれると信じているからではないか。橋尾《はしお》さまがそう仰っておりました」

吟味与力の橋尾左門《さもん》は剣一郎の竹馬《ちくば》の友である。見習いの剣之助は左門の下で働いている。

「お熊の情夫はわかっているのか」

「取り調べには三人出てきました」

「三人もいるのか」

「みな、遊び人でうさん臭そうな連中でした」

「三人の中で誰がお熊を助けるか。お熊が競わせている可能性があるな」

「はい。橋尾さまから、それを伝えるようにと言われました」

「そうか。わかった。十分に気をつけよう」

剣一郎が応じたとき、妻女の多恵《たえ》がやって来た。

「京之進さまがお出でです」

「通してくれ」

「では、私はこれで」

「左門に、たまには遊びに来るように言ってくれ」

「畏《かしこ》まりました」

剣之助と入れ代わって京之進と差し向かいになった。

「まず、情婦殺しの役者崩れの音次郎の件ですが、若い情婦のおつたが芝《しば》の料理屋におりました。音次郎にはすっかり愛想を尽かしているようで、例の冬太郎といっしょに暮らしていました」

「では、疑いから外せるか」

「はい。外していいと思います。それより、音次郎についてはもうひとり、夢中になっていた後家がいることがわかりました。元浜町《もとはまちょう》にある茶問屋のおくにという女主人で、亭主が三年前に亡くなってから音次郎に夢中だったようです」

「今でも、忘れられないようなのか」

「はい。毎日のように途中で待ち伏せて、詮議のために牢屋敷から奉行所に向かう囚人の一行の中に音次郎がいないか捜しているようです」

「ずいぶん、逆上《のぼ》せているようだな」

剣一郎は女の一途さに驚きを禁じ得なかった。

「小金は持っており、金で雇って付け火をさせることは出来ます」

京之進は想像を述べた。

「金をもらったからといって、そこまでのことをする者がいようか」

剣一郎は疑問を口にした。

「食いっぱぐれの輩《やから》はいます」

「しかし、あとで、そのことで強請《ゆす》られる懸念もあろう。頼んだ相手に首根っこを押さえられたようなものだ」

「………」

「だが、頼まれた男も同じ狙いがあったら……」

剣一郎はあることを思いついた。

「どういうことでしょうか」

「音次郎と反対なのが毒婦お熊だ。お熊には情夫が三人もいるそうではないか」

さっき剣之助から聞いたばかりだ。

「はい。定吉《さだきち》、富蔵《とみぞう》、裕太郎《ゆうたろう》の三人です」

「おくにが、その中の誰かと手を組むことも考えられるのではないか」

「そうですね」

　京之進が目を見開いた。

「つまり、この三人を見張りさえすれば……」

「三人の行方は摑んでいるのか」

「はい。わかっています」

「もうひとりの辻強盗の無宿人喜三郎はどうだ？」

　剣一郎はきいた。

「弟分の鎌太郎《かまたろう》の行方はわかりませんでした。三日前に深川《ふかがわ》で鎌太郎を見かけたという地回りがいました。おそらく、江戸に潜伏していると思われます」

「鎌太郎は辻強盗には関わっていないのか」

「喜三郎は自分ひとりでやったと言っています」

「牢屋敷から脱け出すために、鎌太郎をかばったのかもしれない。こうなると、いろいろなことが考えられる」

「はい」

「だが、手代の孝太郎の弟孝助は外していいと思う」

「孝助を外せましょうか」

「外せる」

剣一郎は孝助とおすみとの関係を話した。

「あの十両は孝助の博打の負け金ではなかったというのですか」

京之進は驚いたようにきき返した。

「そうだ。孝太郎は負け金だと思い込んでいるようだが、実際は違う」

「孝助は孝太郎を騙したことになりますね。だったら、その負い目から、孝助が孝太郎を助けたいという思いは強いのではないでしょうか」

京之進は確かめるようにきく。

「孝助が付け火をして孝太郎を助けたとしたら、孝助も同罪だ。いっしょに逃げるつもりならいざ知らず、孝助は指物師の仕事をしているのだ」

火事で解き放された孝太郎が頼るとしたら、孝助しかいない。もし、孝太郎が期日までに戻らなければ、孝助も同罪になる。孝助は親方のところで仕事をしている。逃げるつもりはない。

「そうですね。孝助は外せるようです」

京之進は素直に認めた。

「ただ、気になることがあり、わしはもう少し孝助のほうを調べる」

なぜ、孝太郎は十両を孝助に手渡さず、土間に投げ入れたのか。そのことが、晴れた空に一点だけ現われた厚雲のように、剣一郎の心を騒がせた。

京之進が引き上げてから、剣一郎は濡縁《ぬれえん》に出た。ふと、コオロギの鳴き声が止《や》んだ。

なぜ、孝太郎は『相馬屋』の主人に十両を借りようとしたのか。さまざまな疑問が浮かんできた。

気がつくと、虫の音があちこちで響きだしていた。

二

朝から、修次がそわそわしていた。昨夜は、どこかに出かけていた。夜遅く、酔っぱらって帰ってきた。化粧の匂いがしたから岡場所でも行ってきたのか。

ときたま、修次は夜外出し、決まって酒と化粧の匂いをつけて帰ってきた。どこで、誰と呑んでいるのかはわからない。

きのう遅かったにも拘《かか》わらず、今朝はずいぶん早く起きていた。鑿を手に文机に向かっていても、ときたま手を休め、戸口に目をやる。

きょうは親方とおくみがやって来るのだ。自分がいかに麻吉の面倒を見ているかをふたりに訴えるいい機会だと思っているのだろう。だが、そうはうまくいかせないと、麻吉は思っている。

なんとしても、修次の横暴さをふたりにわかってもらう。そのためには、言葉がはっきり出せなければならない。ちゃんと伝わるだろうか。その不安は大きい。

四つ（午前十時）になろうとする頃に、親方とおくみがやって来た。

「親方、お嬢さん。いらっしゃい」

すぐに立ち上がり、上り框の前に行く。

「邪魔するぜ」

親方の森蔵が挨拶をしてから、麻吉に目を向け、

「麻吉、元気そうだ」

と、目を細めた。

「おやかた」

麻吉は懸命に声を絞り出した。

「おお、声もしっかりしてきた」

「さあ、お嬢さんもお上がりください」

麻吉は森蔵とおくみに上がるように言う。

ふたりは上がった。

麻吉は足を投げ出し、火の入っていない火鉢《ひばち》を抱え込むようにして座った。こんな見苦しい姿を晒さねばならないことが惨めで、胸に焼けつくような痛みを覚えた。

「麻吉。修次がちゃんと世話をしてくれているそうじゃねえか。ほんとうによかったぜ」

親方が白い歯を見せた。

「なあに、麻吉兄貴もちゃんと素直にあっしの言うことを聞いてくれるので、助かりますよ」

「でも、修次さんはえらいわ。いくら、兄弟子でも、ここまで出来ないわ」

おくみが感心する。

「いえ、麻吉兄貴にはいろいろ面倒を見てもらいましたからね。不器用なあっしがなんとかここまでこられたのも兄貴のおかげだと思っています。その恩を考えれば、これぐらいのことは当然ですよ」

「いい、かげん、な、ことを……」

麻吉は激しい怒りを剝《む》き出しにした。そのつもりだったが、声にならなかったのか、その代わりに涎が垂れた。

「兄貴、そんなに無理して喋らなくていいぜ」

修次は手拭《てぬぐ》いで麻吉の口から垂れた涎を拭《ふ》いた。頭の中では、修次の手を思い切り振り払っているのだが、体はまったく動いていない。

いつもなら「汚え野郎だ」と罵《ののし》るくせに、親方とおくみの前では別人だ。

「修次。何か困ったことがあればなんでも言ってくれ」

親方が修次に声をかける。

「いえ、だいじょうぶでございます」

「そうか」

親方は満足そうに頷き、

「それにしても今回は修次を見直したぜ。いくら兄弟子でも所詮《しょせん》は他人だ。その他人に対してそこまで出来るとは……」

と、しみじみ言う。

「ほんとう。修次さんはえらいわ」

おくみまで修次を褒めたたえた。

冗談じゃねえ。ふたりとも修次に騙されているんだ。親方、こいつはそんな立派な男じゃねえ。おくみさんの婿の座を狙ってのことだ。俺をだしにしやがって。声を出したが、興奮しているので、呻き声にしか聞こえない。

「どうしたえ、兄貴。喉でも渇いたのか。水が欲しいのか」

「私が」

おくみが立ち上がろうとしたのを、

「お嬢さん。お水ではないようです。兄貴、なんだえ?」

修次はわざとらしく顔を覗き込んだ。

悔しかった。ただ、修次を睨みつけるしか出来なかった。

「そうか。久し振りに親方とお嬢さんにお会いして興奮しているんだな。わかるぜ」

修次は勝手に言う。

「もう修次さんは、麻吉さんが何を言っているのかわかるのね」

おくみが感心する。

違う。この男は勝手な作り話をしているのだ。しかし、この叫びが親方とおくみに届くことはなかった。

「修次。今度、うちでおめえの慰労をしようと思う。麻吉には悪いが、留守番をしてもらい、うちに来い。おくみの手料理でも食べて、ゆっくりしろ」

「ほんとうですかえ」

「ああ。麻吉は長屋のひとにお願いすれば、一刻（二時間）あまり、ひとりでだいじょうぶだろう」

「ええ、ぜひ、いらっしゃって」

「ありがてえ話でございますが、お断わりさせていただきます」

「なに、どうしてだ？」

親方が不審そうにきく。

「それはそうしたいのはやまやまです。ですが、兄貴ひとりを残して、自分だけいい思いをしても楽しくありません。すみません。この通りです」

修次は頭を下げた。

「そうか」

親方はぽつりと言ってから、

「これは俺が悪かった。それにしても、修次がそこまで麻吉のことを思ってくれているのを知ってうれしいぜ」

「ほんとう。修次さんって偉いわ」

「そんなんじゃありません。ただ、こうして一つ家に暮らしていると、麻吉兄貴が実の兄貴のように思えてきて」

修次はしらじらしく言う。

「修次。よく言ってくれた」

親方は感激したように応じる。

そのとき、戸障子が開き、大家が顔を出した。

「あっ、お客さまか。おや、これは森蔵親方」

大家がめざとく親方を認めた。

大家さん、頼む。修次の本性を親方に教えてやってくれ。麻吉は心で願った。

「大家さん。麻吉までが世話になっています。修次がほんとうによくやってくれていましてね」

親方が頭を下げた。

「いや、親方。いい機会だから」

「大家さん。あっしに何か用で」

大家の言葉を遮《さえぎ》るように、修次は立ち上がった。

「うむ。そのことはあとでいい。麻吉のことで」

「大家さん。いま、親方と大事な話をしてたんだ。でも、大家さんの用から先にききましょう」

「日頃のおめえの麻吉に対する仕打ちを親方に知ってもらういい機会だ。修次、邪魔するな」

「大家さん。そんなことは親方はとうにご存じですぜ。改まって言うほどのことじゃありません」

修次、てめえ、またごまかそうってのか。麻吉は唸った。大家さん、はっきり言ってくれ。

「大家さん。修次のことはわかっております」

親方が笑顔で言う。

「そうじゃないんだ。見るに見かねて」

「大家さん」

修次が土間におり、

「久し振りに、親方と麻吉兄貴が顔を合わせたんです。あっしのことで、水をさしたくはありません。外で、お聞きします」

と、大家を強引に外に連れ出した。

なんて野郎なんだと、麻吉は歯嚙みをしたが、修次がいないのは好機だ。麻吉は興奮しないように深呼吸をしてからゆっくり口を開いた。

「しゅう、じ、は、お、れ、を、いじ、め、る。あい、つ、の、いう、こと、は、みな、で、た、らめ……」

麻吉はじれったかったが、聞き取りにくいことを考えながら、ゆっくり話した。

修次は、親方の歓心を買うために俺を引き取っただけで、俺の面倒は見てくれねえ。一刻も早く、ここから出てえ。そう訴えた。

黙って聞いていた親方がおくみに顔を向け、

「修次の言うとおりだ」

と、ぽつりと言った。

「ええ、そうね。仕方ないわね」

おくみまでが妙なことを言った。

「麻吉。おめえも一日中、こんな狭いところにいたんじゃ気が滅入り、いらだつのもわかる。だが、修次に当たるのは筋違いだ。おめえの世話をするのはどんなにたいへんなことか。だがな、修次はひと言も文句は言わねえ」

「おや、かた、ち、が、う。あいつ、は、お、く、み……」

腰高障子が開いて、修次が戻ってきた。

「大家さんの話はなんだったんだね」

「隣の為五郎さんがあっしに会いたいそうなんです」

「確か、不審な男に刺されたひとだな」

「そうです。だいぶ、傷もよくなってきたってことでした。しばらく見舞いに行ってないんで、そのうちに行ってこようと思ってます」

「おくみ。そろそろ、引き上げるか」

親方が言う。

「えっ。もう、お帰りで」

「長居をしちゃ、おめえの仕事の邪魔になる。俺も仕事が待っているんでな。こんなことは愚痴《ぐち》になるが、麻吉がいてくれたらと、つくづく思うぜ」

「親方。あっしが麻吉兄貴の代わりを務められるように頑張ります。麻吉兄貴に代わって何でもあっしが……」

そう言って、修次はおくみの顔を見た。

麻吉は呻いた。胸を掻きむしりたくなった。が、手は自由に動かない。

親方とおくみが土間に下りた。

「じゃあ、麻吉。また、来る」

親方が声をかける。

「麻吉さん。また来ます」

「そこまで送ってくる」

修次は麻吉に顔を向けたが、その口許に薄ら笑いが浮かんでいた。

親方とおくみは帰って行った。麻吉は悄然《しょうぜん》とした。親方もおくみもすっかり修次に騙されている。

ちくしょう。必ず、修次を殺してやる。麻吉は壁まで這い、立ち上がろうとした。少なくとも、修次を殺《や》ることが出来るまでには体の自由がきくようにならねばならない。そう思って歯を食いしばって壁に手をついて立ち上がった。

だが、立ち上がったと思った瞬間に膝《ひざ》ががくんとして崩れた。また、起き上がろうとした。

だが、そのたびに体は崩れた。

戸が開いて修次が帰ってきた。何度も立ち上がることを繰り返したので、麻吉は息が切れていた。

修次は冷たい目で見つめた。

「どうした、起き上がれねえのか。情けねえな」

思いやりのない言葉を投げかけたあと、修次は麻吉に近づき、いきなり、背中に膝を当て、両手を摑んだ。

「この腕がだめなのか。こんな腕いらねえな」

と、腕を後ろから引っ張った。

激痛が走り、ぎえぇ、と麻吉は悲鳴を上げた。

「なんでえ、大袈裟《おおげさ》な野郎だ」

そう言い、もう一度力を入れた。

そのたびに激痛が走った。

「やい、親方に何を言おうとしたんだ。よけいな真似しやがって」

ぎょえと、また叫ぶ。だが、大きな声にならない。

あまりの痛みに涙が流れた。

「いいか。これからも親方やおくみさんに妙なことを言おうとしたら罰を与えるからな。俺がおくみさんの婿になれるように手を貸せ。どうせ、おめえはもうだめなんだ。代わりに俺が婿になる。わかったな」

そう言いながら、手を上に引っ張った。

乱暴に戸が開いた。

「何しているのさ」

隣家の女房おふでが土間に駆け込んできた。

「お放しよ」

「おふでさん。悪いが引っ込んでいてもらおう」

「冗談じゃないよ。麻吉さんの悲鳴が聞こえたんだ。可哀そうじゃないか」

「こいつはあることないことを親方に言おうとしたんだ。おふでさんは知らないだろうが、こいつは質《たち》が悪いんだ」

「こいつだなんて、麻吉さんはあんたの兄弟子じゃないのかえ」

「兄弟子？　そうだな。そんなころもあったな。さんざん、いじめられたもんだ。そんなことも出来ねえのか、能無しやろう、などと罵声を浴びせられたぜ」

「それはおまえさんが修業の身だったからだろう。だからって、いま、その恨みを晴らすことはないじゃないか。すぐ、放さないと大家さんを呼んでくるよ」

「ちっ。うるせえ婆《ばあ》さんだ」

「あたしはまだ婆さんじゃないよ。若いんだ」

「わかった、わかった、放すよ」

修次が手を放したので、麻吉は前のめりに倒れ、どうにか手をついたが勢いあまって顔を打った。

「さあ、仕事をするから帰ってくんな」

修次はおふでを追い払った。

おふでが出て行ったあと、修次は麻吉に顔を向け、

「てめえが悲鳴を上げるからだ。男のくせして、情けねえ」

と、乱暴に言う。

いまにみていろ。おめえにおくみを渡しはしねえ。必ず、殺してやる。おめえを殺して俺も死ぬ。

麻吉は屈辱にまみれながら、腹の底から怒りが込み上げていた。

三

昼下がり、剣一郎は佐賀町にある鼻緒問屋『相馬屋』を訪れた。

殺された主人に代わり、今は内儀が店を取り仕切っている。店先にいた手代らしき男に内儀への面会を頼んだ。

「少々、お待ちください」

と言い、手代は奥に行った。

客はかなりいた。主人が死んだことの影響は少ないようだ。

孝太郎は『相馬屋』の主人から十両の借金を断わられた上に激しい叱責を受けた。それで、主人の部屋に忍び込み、主人を石で殴り殺して、手文庫から十両を盗んで逃亡した。

孝太郎はその金を持って、孝助の長屋に行き、土間に投げ込んだ。しかし、孝太郎はすぐ疑われ、そして、あっさり罪を認めたのだ。

三十路《みそじ》を越したぐらいの女がやって来た。

「内儀のおようでございます」

「そなたが内儀か？」

若いので驚いた。どうやら、後添いらしい。切れ長の目とすっとした鼻筋の顔だちが派手なせいか、地味めな装いなのにかえって色香があふれているようだ。

「手代孝太郎の件で話を聞きたい」

剣一郎は切り出した。

「わかりました。どうぞ、こちらに」

一瞬の間があったが、おようは剣一郎を店の奥にある部屋に招じた。入口には障子はなく、店を見渡せる。大事な商談を行なう場所のようだ。

おようと差し向かいになってから、

「孝太郎は主人を殺して奪った十両を弟の孝助に渡した。しかし、そなたは孝助に金の返済を求めなかったそうだな」

「はい」

「なぜだ？」

「ひと言で申せば、可哀そうだからでしょうか」

「誰がだ？」

「孝太郎も弟の孝助さんもですよ。私は主人に十両を貸してやるように進言したんですよ」

「ほう」

　剣一郎は意外そうにおようを見た。

「孝太郎は弟のために必死で主人に頼んでいました。でも、主人は冷たく突き放しました。主人に口添えしたのですが、聞いてもらえませんでした。そしたら、あんなことに」

　おようは目を伏せた。

「亭主を殺した男が憎くはないのか」

「それは憎いです。でも、自分でも不思議ですが、孝太郎を憎む気持ちにはなれないんです。真面目《まじめ》でよく働いてくれました。私が後添いで入ったあとも、私にはよく尽くしてくれたのです。そういう人柄を見ているせいでしょうか。孝太郎がそれこそ命を張って守ろうとしたのです。十両を取りあげるわけにはまいりません」

「そうか」

「奉行所でも、私は孝太郎にどうかご慈悲あるお裁きをとお願いしました。死罪なんて可哀そうでございますからね」

「亭主の死よりも孝太郎のほうが気になるようだな」

「そうかもしれません」

　およう は苦笑して、

「うちのひとは歳とともにとても頑固になりましてね。それに、ちょっとしたことにもすぐ怒りだします。奉公人もいつもぴりぴりしていました。正直言いますと、うちのひとが死んでくれてほっとしているところもあるんです」

「まことに正直だ」

「ほんとうは、もっと悲しみに沈んだようにしたほうがいいのでしょうが、私にそんな芝居は無理ですから」

「相馬屋は幾つだったのだ？」

「五十五でございます」

「そなたとはずいぶん歳が離れているな」

「二十五ほど離れています」

「なぜ、そのような男の後添いに？」

「お金ですよ。父親が病に倒れ、お金が必要だったんです。最初は妾《めかけ》にという話でしたが、先妻が急死して後添いに。七年前のことです」

「そなたには好きな男はいなかったのか」

「いました。でも、金のない男より、金のあるほうが……」

「この店はそなたが継いでいくのだな」

「はい。見よう見まねで商売もわかってきました。番頭さんたちの手助けがあれば、私でもやっていけます」

「すると、そなたにとっては相馬屋の死はかえってよかったというわけだ」

「はい。そう言うと、世間さまに変な誤解を与えてしまうからと、番頭さんにも注意をされるのですが……」

　おようは笑った。

　確かに、下手人がすぐにわかったからいいようなものの、一歩間違えれば、おようにに疑いがかかりかねない。

「ところで、孝太郎が相馬屋を殺したのを、そなたは見ていなかったのか」

「はい。見ていません。悲鳴に驚いて居間に行くと、頬被りの男が逃げて行くのが見えましたが、暗くて誰かはわかりませんでした」

「そうか」

「青柳さま。孝太郎はどうなりましょうか」

おようが心配そうにきいた。

「残念だが……。主人殺しは重罪だ。それも、押込みを装って十両を盗んでいる」

「そうでしょうね」

おようはため息をついた。

「ところで、孝助に金を返さなくていいと伝えに行ったのは番頭だそうだが、そなたが行かせたのか」

「はい。きっと、混乱しているだろうと思って」

「すまないが、番頭を呼んでもらえぬか」

「わかりました」

おようは手を叩いた。すると、小僧が小走りにやってきた。

「番頭さんを呼んでおくれ」

「はい」

小僧はきびきびとした動きで去って行った。

しばらくして、小肥りの男がやって来た。

「お呼びでございましょうか」

「まあ、お入り。青柳さまがお前さんにききたいことがあるそうだよ」

「はい」

落ち着いた感じの男である。孝助が言うように、三十半ばの小肥りで、目が細く、獅子鼻《ししばな》だ。

「そなたは、内儀に頼まれて孝助のところに行ったのだな」

「はい」

「そのとき、孝助はどういう様子だったな」

「はい。だいぶ憔悴《しょうすい》しているようでした。私が内儀さんの言葉を伝えると、申し訳ありませんと泣いていました。何年かかっても、きっとお金は返しますと言ってました」

「金を返すと？」

「はい。孝太郎から、これからはまっとうに働いて少しずつでもいいから金を返すように言われたそうです」

「待て」

剣一郎は番頭を制し、

「孝助は孝太郎に会ったのか」

と、確かめた。

「はい。旦那さまの葬儀が終わったあとに孝助は会いに来たそうです」

「相馬屋の葬儀のあとに、孝太郎は捕まったのだな」

「はい」

剣一郎はやはり妙だと思った。

孝太郎は盗んだ金を孝助の長屋の土間に投げ込んでいた。なぜ、じかに会って渡さなかったのか。

主人を殺して奪った金だから会うのに引け目を感じたのか。その後、自分が疑《うたぐ》られていることを察し、最後になると思ってやって来た孝助に会った。そういうことかもしれないが、どこかしっくりしない。

「青柳さま」

おようが声をかけた。

「このことで何か」

顔はにこやかだが、切れ長の目が鈍く光っていた。剣一郎の来訪の目的が気になるようだ。

剣一郎はとっさに相手に警戒心を与えないほうがいいと判断した。

「ここだけの話だ。そのつもりで聞いてもらいたい」

「わかりました」

「牢屋敷近くに付け火を仕掛けた者がいる」

「付け火ですって」

おようは目を丸くした。

「知ってのとおり、牢屋敷が火事になれば、囚人は解き放される。ふつかで戻ってこなければ死罪だ。付け火の狙いは、囚人を助けるためではないかと思われ、それで死罪が予想される囚人の身内を調べているというわけだ」

「まさか、孝助さんが？」

おようが細い眉を寄せた。

「いや、孝助の疑いは晴れた」

「そうですか」

おようはほっとしたように言い、

「でも、そのような大それたことを企《たくら》むひとがいるのですね」

と、恐ろしそうに身を縮めた。

「だが、もう万全の態勢を整えておるので、そんなことにはならない」

「そうですか」

「よし、邪魔をした」

剣一郎は腰を浮かした。

「お役に立てたなら幸いです」

おようも立ち上がる。

部屋を出てから、剣一郎はいま思いだしたように、

「そうだ。孝助のことでもうひとつ訊ねることがあった」

と、番頭に言い、

「いや、部屋に戻るまでもない。ちょっと店の外まで出てくれればいい」

「わかりました」

「では、内儀。邪魔をした」

剣一郎は内儀を残して番頭を外に連れ出した。

店から少し離れた場所に立ち、

「内儀の前ではきけなかったのでな」

と、剣一郎は前置きしてきいた。

「内儀と旦那の仲はどうだったのだ?」

「…………」

「どうした？」

「いえ」

番頭は当惑したような顔をし、

「何か、内儀さんに不審な点でも？」

と、きいた。

「どうして、そう思うのだ？」

剣一郎は逆に問いかける。

「それは……」

番頭はあわてた。

「話していないことがあるのではないか」

「はあ」

「そなたが主人が殺されたのを知ったのはいつだ？」

「内儀さんの悲鳴を聞いて、駆けつけました。すでに、賊は逃げたあとで、旦那さまはこと切れていて、そばで内儀さんが立っておりました」

「そのとき、何か不自然なことを感じなかったのか」

「ちょっとしたことですが……」

「うむ」

「内儀さんは旦那さまの悲鳴を聞いて部屋に行ったとき、賊はもう逃げたあとだと言ってました。でも……」

「内儀は賊を見ていたのではないかと思ったのか」

「いえ、そのときは旦那さまのことで私もあわてておりましたので、よけいなことを考える余裕はありませんでした。それが、旦那さまの通夜の晩、内儀さんが孝太郎と奥の部屋で深刻そうに話し込んでいたのです」

「内儀と孝太郎がな」

剣一郎は何か頭に閃《ひらめ》くものがあった。

「それから、葬儀が終わった次の日、孝太郎は捕まりました。そのとき、内儀さんが孝太郎と深刻そうに話していたことを思いだしたのです」

「そなたは、内儀が逃げて行く孝太郎を見ていたのではないかと思ったのか」

「はい。内儀さんは孝太郎に同情していましたから」

「同情していた?」

「はい。十両のことも内儀さんが旦那さまに話してあげたそうです」

「しかし、孝太郎は旦那に借金を申し入れて断わられたと話していたのではないか」

「はい。でも、実際は内儀さんが旦那さまにお話ししたようです」

なぜ、孝太郎は自分が直接頼んだような言い方をしたのか。

剣一郎は不審に思った。

「その他に何か気がついたことはないか」

「………」

「何でもいい。聞かせてくれ」

「旦那さまが死んでしばらくは内儀さんも悄然としていましたが、今ではすっかり元気になって……」

「変わり身が早いか」

「はい」

「確かに、夫を亡くした女には見えなかった。死んでくれてほっとしているところもあると言っていた。ある意味、正直だ。夫婦仲はどうなのだ？」

「悪くはなかったと思います」

「相馬屋は歳とともに頑固になり、ちょっとしたことにもすぐ怒りだし、奉公人もいつもぴりぴりしていたと言っていたが、そうなのか」

「いえ、そうでも……」

番頭は当惑しながら言う。

「そうでもない？」

「はい。もちろん商売には厳しいお方でしたが、そのこと以外は穏やかでした。ですから、旦那さまが孝太郎を悪しざまに叱ったということが解《げ》せませんでした」

「妙なことをきくが」

剣一郎は声をひそめた。

「内儀は女盛りのようだ。そのことで何か、相馬屋と揉《も》めていたことはなかったか」

「はい」

番頭は困ったような顔をした。

「何かあるな？」

「一度、旦那さまが内儀さんに怒鳴っていたことがあります。内儀さんはしきりに言い訳をしていましたが」

番頭は思い切ったように口にした。

「あの男は誰なんだという旦那さまの声が聞こえました」

「内儀には男がいるのではないかと、相馬屋は疑っていたのか」

「そうだと思います」

「実際、どうなのだ？」

「わかりません。ただ、内儀さんはよく芝居だとか買い物だとかで外出なさいます。そんなことから、旦那さまは疑い出したのかもしれません」

「内儀は後添いに入る前は何をしていたのだ？」

「薬研堀《やげんぼり》にある料理屋で働いていたそうです」

「料理屋の名は？」

「いえ、そこまではわかりません。あっ」

番頭が軽く叫んだ。

その目の先を追うと、『相馬屋』の店先におようが立ってこっちを見ていた。

「いまのことは内儀には内密に。何かきかれたら、孝太郎と孝助のことだと答えるのだ」

「わかりました」

番頭は引き上げて行った。

剣一郎は佐賀町から新大橋《しんおおはし》を渡り、大川端を薬研堀までやって来た。陽は傾き、家々の屋根のすぐ上から光を投げかけていた。

料理屋や船宿が並んでいる。一軒ずつ料理屋を訪ねていくつもりでまず元柳《もとやなぎ》橋《ばし》の近くにある料理屋に向かいかけたとき、人だかりがしていた。

その輪の中に、みすぼらしい着物の母娘《おやこ》が横たわっていた。小さな女の子が泣き叫んでいた。

「かあさんを助けてください」

女の子がそう言っている。

「どうかしたのか」

剣一郎は野次馬の中のひとりに声をかけた。

「物貰いの母娘ですよ」

「物貰い？」

「もう三日も何も食べていない。助けてくれって。あっちこっちに出没しています。ああやって金を恵んでもらうんです。浅草の雷《かみなり》門《もん》前でも見ました」

職人ふうの男が答える。

「だが、ほんとうかもしれんではないか」

「いえ、きのうもいました。金を恵んでもらうと、しゃきっとしてさっさと帰って行きますよ」

だがと、剣一郎はこのまま捨ておけないと思い、前に出た。それより前に、商家の主人らしい羽織《はおり》を着た男が母娘のそばに行った。細身の四十前の渋い感じで、やさしそうな目をした男だ。

「また、こんなことをしているのか」

「あっ、旦那」

それまで横たわっていた母親が体を起こし、畏まった。

「困ったら、私のところに来るように言ったはずだ」

「はい」

男は懐から財布を取り出した。

「さあ、これでうまいものを食べなさい」

「旦那」

男は銭を母親の手に握らせた。

「えっ、こんなに」

母親が恐縮している。

「いいから、とっておきなさい。ただし、もう、子どもにこんな真似をさせてはいけない。こんどこそちゃんと働くというなら、もう一度働き口を探してあげる」

「はい。すみません」

「よし。早く行きなさい」

男は母娘を急かした。

「さすが、仏の旦那だ」

職人が感嘆の声を上げた。

「誰だ?」

剣一郎はきいた。

「『小町屋』の旦那でさ。困っているひとを見ると、見捨てておけないそうです」

「『小町屋』?」

「須田町にある小間物屋です」

「あの男が小町屋沢治郎か」

中風で倒れた飾り職人の麻吉を引き取って養生させようとした男だ。小町屋は母娘を見送ってから、料理屋に向かった。

「仏の旦那か」

と、剣一郎は小町屋沢治郎が消えた料理屋の門を見つめていた。いまの小町屋の振る舞いには微塵《みじん》も偽善くささはなかった。

心底、やさしく接していた。仏の旦那か、と剣一郎はもう一度呟《つぶや》いた。

四

昼前に、修次が仕上げた品物を風呂敷に包んで土間に下りた。

「じゃあ、出かけてくるからな。そこに、握り飯があるから。俺は親方のところで馳走《ちそう》になってくる」

修次はにやりと笑った。

親方の誘いを断わっておきながら、結局は出かけるのだ。ずるい野郎だと腸が煮え繰り返る。

修次が出て行った。おくみといっしょに昼飯を食う姿が蘇《よみがえ》り、胸を掻きむしりたくなった。

修次が出ていってしばらくして腰高障子が開いた。

化粧の濃い女が入ってきた。二十半ばぐらいか。

「修次さんは？」

なまめかしい声できくと部屋の中を見回し、

「なにさ、何もないのね」

と、つまらなそうに言う。

「修次さん、出かけたの？」

麻吉にきいた。

「ああ」

麻吉は答えた。

「最近、お見限りだけど、たまには遊びに来てって伝えてちょうだい」

「あんた、は？」

麻吉は顔をしかめてきいた。

「おちよって言えばわかるわ。いつも、あたしをくどいているくせに、最近、急に冷たくなってってさ」

ぶつぶつ言いながら、女は出て行った。

修次にはあんな女がいたのだ。あの女を捨てて、おくみと所帯を持とうとしている。とんでもない奴だと、改めて怒りが込み上げてきた。

入れ代わって、隣のおふでが顔を出した。

「いまの女、誰？」

「しゅうじに、あいに、きた」

「修次さん、あんな女とできているんだね。それなのに、おくみさんと……」

おふでは顔をしかめた。

また、戸が開いて、向かいの大工の女房が土間に入って来た。

「これ、煮物。麻吉さん、ちゃんと食べている？　食べさせてあげようか」

「へえ、たべて、ます」

ここの長屋のひとはみな親切だった。おふでをはじめ、いまは怪我をして医者のところにいる為五郎もなにくれとなく世話を焼いてくれた。

「何か欲しいものとかあったら、遠慮なく言っておくれ」

「へい」

「洗濯物を出しておいてね」

りは引き上げた。
いっとき、にぎやかに話し相手になってくれて、修次が帰ってくる前に、ふた

昼飯を食ったあと、麻吉は杖《つえ》をつき、左足を引きずりながら土間を出て、路地の奥にある厠に向かった。途中、何度も転げた。

きっと、修次を殺せるぐらいに体を動かせるようにしてみせる。おくみのためにも、あんな奴を生かしてはおけねえ。おちよという女がいるくせにおくみを嫁にしようなど、とんでもないことだ。

いま麻吉を支えているのは修次に対しての怒りだ。どうにか、厠まで辿り着けた。苦労して用を足す。

厠を出た。体中傷や痣《あざ》だらけだ。倒れるたびに増える。昼下がりのこの時間、路地には誰もいない。

いつもなら、誰かが飛びだして来て助けてくれるが、気がつかないようだ。もちろん、声をかければ出てきてくれるが、麻吉はあえて静かに移動した。

再び、麻吉は修次の住まいに戻る。どうだ、修次。なんとかひとりで厠まで行けたぜ。おめえを殺せるようになるまで回復してみせるぜ、待っていろと、麻吉

は内心で叫ぶ。

腰高障子の前で力尽き、足からくずおれた。息が切れた。厠まで往復するだけでかなりの体力を消耗《しょうもう》した。

そのとき、足音がした。

「麻吉さん。だいじょうぶか」

駆け寄ったのは『小町屋』の主人沢治郎だった。

「よし、肩につかまれ」

小町屋は麻吉の腕を自分の肩にまわし、体を抱き起こしてくれた。

土間に入り、部屋に上げてくれた。

「さあ、いいかえ。離す」

小町屋は麻吉の体を壁に寄り掛からせた。

「すま、ねえ」

小町屋がおやっという顔をした。が、すぐに気づいたように、

「修次さんは?」

と、きいた。

「おや、かたの、とこ、ろ……」

「そうか。ちょうどいい」

小町屋は改まって、

「麻吉さん。どうだね、ここにいたって仕方ない。私のところに来ないか。橋場の家の離れが空いているんだ。誰に気兼ねなく、そこで養生すればいい」

「ありがてえ、え」

麻吉は素直に感謝した。

「でも……」

と、麻吉は首を横に振った。

「そんなに修次さんに義理立てしていなさるのか」

小町屋は呆れたように、

「大家さんをはじめ、長屋のひとたちがみな、修次さんのやり方を責めている。私も、非道だと思う。そんな男にどうして……」

「ちが、う」

麻吉が強い口調で答えた。

「違う?」

小町屋は不思議そうに見る。

「麻吉さん、どういうことなんだね」

「あっし、も、しゅう、じが、にくい」

「修次が憎い？　やっぱり、憎んでいるのか」

麻吉は頷いた。

「なら、なおのこと、ここを出るべきだ」

「いい、え」

「いいえだと？　なぜ、なんだ？」

小町屋が焦《じ》れったそうにきく。

麻吉は俯いた。

「麻吉さん。何かわけがあるなら言ってくれないか。力になりたいのだ」

小町屋は真剣に訴える。

迷った。大事を打ち明けていいものか。だが、自分の思いをわかってくれているひとがひとりでもいてくれたらと思い、それが小町屋ならなおいい。

「しゅうじ、を、ゆるせ、ねえ」

「修次を許せねえ？　どういうことだ？」

麻吉は気持ちが高ぶってきて、口をわななかせた。

「ころす」

「何と言った？　殺すだと」

小町屋は土間に目をやった。腰高障子に人影がないのを確かめてから、

「なんということを言うのだ」

と、声を抑えて言う。

「冗談にもそんなことを言うのではない」

麻吉は首を横に振った。

「ゆるせ、ねえ」

「…………」

小町屋は痛ましげに吐息をもらした。

「酷なようだが、その体では無理だ」

無理を承知だと言おうとしたが、声がうまく出なかった。

「仮に、包丁を眠っている修次さんの胸に突き刺そうとしても深くは刺せない。命を奪うことなど出来やしない。かえって、おまえさんが捕まるだけだ」

そうかもしれねえ。そうかもしれねえが、やるしかねえんだ。俺は、おくみさんをあんな奴にやりたかねえんだ。そう思うと、麻吉は涙が出てきた。

「そんなに憎いのか」

小町屋がきいた。

「おくみ、さん」

目をいっぱいに見開いて、麻吉は言う。

「おくみさん?」

小町屋は頷いた。

「そうか、おくみさんのことか。修次さんは自分がおくみさんの婿になれると思っているようだな。不思議なことに、親方もおくみさんも修次さんのことをとても買っている。修次さんがいかに麻吉さんに非道な振る舞いをしているかを話しても、私の言うことは耳に入らない。修次さんは親方やおくみさんにはうまく取り入っているようだ」

やっぱり、小町屋は俺の気持ちをわかってくれていると思った。

「こまち、や、さん」

麻吉は思い切って口に出した。

「かわり、に、やって、くれる、ひと……」

そこまで言って息が弾んだ。

「まさか、殺し屋ということか」

さらに、小町屋は声をひそめた。

麻吉は頷く。

「麻吉さん。そこまで思いつめているのか」

小町屋は厳しい顔できく。

「だれ、か、しら、ないか……」

「ばかな」

小町屋は吐き捨ててから、

「修次さんのことなど忘れて、私の家に来るのだ。修次さんといっしょにいるのはよくない」

「だめ、だ」

麻吉は声を絞り出す。

「おくみ、さん……」

「修次さんをおくみさんの婿にしなければいいのだろう。私が親方に言って聞かせる。修次さんの本性をおくみさんにもわかってもらう」

「だめ、だ。あいつ、は、とりいる、の、が、うまい。ずるいおとこ……」

「しっ」

小町屋が人指し指を唇に当てた。

足音が前で止まった。

戸が開いて、修次が顔を出した。

「おや、小町屋の旦那。お見えでしたか」

修次は皮肉そうに口許を歪め、

「また、麻吉兄貴のありもしない話に付き合わされていたんじゃありませんかえ」

「ありもしない話とは？」

「作り話ってことですよ。兄貴はずっと家の中に閉じ籠もっているから、いろいろ勝手に話を作って楽しんでいるんですよ」

「修次さん。もう、いいではないか。麻吉さんを私のところに」

小町屋は真顔で修次に迫った。

「旦那が兄貴のことをそんなに気にかけてくれているのは、あっしとしてもうれしい限りですがね。でも、兄貴がここにいたいって言っているんですぜ」

「しかし、ここにいたんじゃ……」

「ここにいたんじゃ、なんですかえ。旦那。考えすぎですよ。どうも、長屋のひともそうだが、兄貴の言うことばかり信じたがる。困ったもんだ」

「修次さん」

「旦那。それ以上は言わないでくださいな。もう少しで、あっしはおくみさんと所帯を持てるかもしれないんだ。そしたら、兄貴を旦那のところに引き渡しますよ」

「おくみさんと所帯を持つとはどういうことなんだ？」

小町屋が気色ばんできく。

「きょう、親方がそれらしいことを口にしてくれたんですよ。あんなに麻吉の面倒を見るような男こそ、ほんものだってね。あっしには、いまが大事なときなんです。兄貴に代わって、おくみさんの婿になり、『彫森』の代を引き継ぐ。これがあっしの望みなんです。そうなったら、小町屋の旦那ともますますのつきあいをしていただかねばならねえ」

「てめえ、なん、かに、わたしは、しね、え」

麻吉は不明瞭な声で叫んだ。

「兄貴。心配しなくていいぜ。おくみさんをきっと仕合わせにしてやる。だから、安心してくんな」

（ちくしょう）

　麻吉は内心で吐き捨てた。

（小町屋の旦那。俺に代わって修次を殺ってくれる人間を探してくれ。頼む）

　小町屋が麻吉の顔を見ている。

（旦那、頼む）

「麻吉さん。わかった。なんとかしよう」

　小町屋がはっきり言った。

「旦那。何の話ですかえ」

　修次が怪訝《けげん》そうにきいた。

「なんでもない。麻吉さんとのことだ」

　小町屋は修次に顔を向け、

「修次さん。私のほうはいつでも麻吉さんを受け入れる支度《したく》は出来ている。そのことは頭に入れておいてくれ」

「あっしの望みが叶いそうになったら、旦那にお任せします」

「わかった。では、麻吉さん、また」

小町屋は引き上げて行った。

「あの旦那、どうしてそこまでして兄貴を引き取ろうとするのか、わからねえな」

修次が首を傾げた。

「まあ、そんなことはどうでもいい。それより、兄貴、喜んでくれ。親方は俺を認めてくれている。これも兄貴のおかげだ。ほんとうにいいときに中風で倒れてくれたものだ。兄貴には礼を言わなければならねえ」

麻吉は耳を塞《ふさ》ぎたかった。修次は言いたいことだけ言って、文机に向かった。

修次の背中を見つめながら、手が自由なら背後から紐《ひも》で首を絞めることも出来るのにと、麻吉は悔しかった。

「おちよ、ってだれ、だ?」

麻吉は修次の背中に向かって吐きかけるようにきいた。

修次が振り向いた。

「おちよ?　どうして、おちよのことを知っているんだ?」

修次が顔をしかめた。

「きた」

「来た？　ここにか」

修次は不快そうに顔を歪め、

「あの女《あま》、こんなところまできやがって」

さっきの小町屋の言葉を思いだす。

「麻吉さん。わかった。なんとかしよう」

小町屋はそう言ったのだ。殺しを引き受ける人間を探してくれるということではないのか。

小町屋も、修次の横暴さに反感を持っていた。きょうこそ、小町屋は修次にさじを投げたのではないか。

だが、殺し屋に頼んでも仕方ない。この手で修次を殺らなければ腹がおさまらない。どうせ、俺はもうおくみと所帯を持つことも、再び鏨を持って飾り職人としてやっていくことも出来ないのだ。

俺に残されたのは、おくみの仕合わせを願うことだけだ。そのためには修次だけには絶対に渡せない。

必ず、修次を殺してやる。麻吉は拳《こぶし》を震わせていた。

五

夜、屋敷の庭先に文七《ぶんしち》が立った。

文七は剣一郎が手足のごとく使っている男だ。多恵とは異母姉弟のようだが、剣一郎はあえてそのことを踏みこんできかなかった。

「深川佐賀町にある鼻緒問屋『相馬屋』の主人は一カ月半ほど前、手代の孝太郎に殺された。いま、孝太郎は奉行所で詮議を受けている」

剣一郎は経緯を語ったあとで、

「『相馬屋』の内儀およように男がいないか調べてもらいたい。およようは相馬屋の後添いになる前に、薬研堀の料理屋で働いていた。その頃からのつきあいを調べるのだ」

「畏まりました」

文七はかいつまんで話しただけで、剣一郎が望むことをわかってくれる。

「では」

「文七。これを」

多恵から預かった風呂敷の包みを渡した。着物だろう。

「すみません」

文七は押しいただいて引き上げた。

部屋に戻ると、橋尾左門と剣之助が待っていた。

「すまなかった」

剣一郎は座を外したことを詫びて、

「では、続きを」

と、左門を促した。

「孝太郎の自白によると、十両の借金を断わられた上に激しく叱責されたのでかっとなり、押込みを装って金を奪おうと思ったそうだ」

孝太郎の詮議を続けてきた吟味与力の左門が再び口を開いた。

「手文庫に十両があるのは知っていたという。夜中に主人の部屋に押し入り、手文庫から十両を盗み取ったとき、相馬屋に見つかり、持っていた石で殴って殺し、庭の裏口から出たように見せかけて、すぐに自分の奉公人の部屋に戻った」

湯呑みに手を伸ばし、喉を潤《うるお》してさらに続ける。

「凶器の石は庭に落ちていた拳大のもので、手拭いで巻いて端を持って振り下ろしたという。翌日、通夜で大騒ぎになっている店を抜け出し、北森下町まで走り、孝助の長屋の土間に金を投げ入れて店に戻った」

「うむ。その自白に不審な点はなかったか」

「いや、ない。何か気がかりなことがあるのか」

「相馬屋を殺したあと、奉公人の部屋に戻ったということだが、他の者に怪しまれてはいないのか」

「内儀の悲鳴にみな大騒ぎになっていたので、孝太郎がいたかいなかったかまでみな気がまわらなかったようだ。何か、疑いがあるのか」

「うむ。弟の孝助は詮議の場にも現われたのだな」

「現われた。自分が博打で負けた金を用立てて欲しいと兄に頼んだと話した」

「ところが、実際は違うのだ」

「違う?」

「孝助は好きな女のために金を用立てたのだ」

「ほんとうか。なら、なぜ、孝助はそのことを正直に言わないのだ?」

「その女は亭主持ちだ。その女を助けても、孝助には何の得もない。ただ、孝助の気持ちだけだ。そんなことのために殺しまでさせてしまったとは、兄の気持ちを考えて言えなかったのだろう」

「…………」

「父上」

剣之助が口をはさんだ。

「よしんばそうだったとしても、孝太郎が孝助のために金を用立てようとしたことには変わりないと思いますが」

「わしが一番気になったのは、孝太郎が孝助の長屋の土間に金を放りこんだことだ。なぜ、直に会って手渡さなかったのか」

剣一郎は続けた。

「相馬屋の葬儀のあとに孝助は孝太郎に会いに来た。そのとき、孝太郎は博打をやめ、まっとうに仕事に励むように説いている。なぜ、金をわたすときにそのことを言わなかったのか」

「そのことが問題なのか」

左門が厳しい顔できく。

「そうだ。金を投げ入れたのがほんとうに孝太郎だったのか」

「なんと、孝太郎でなければ誰だと言うのだ？」

「わからぬ」

剣一郎は首を振ってから、

「『相馬屋』の内儀は孝助に同情し、十両の返済を求めないと言った。つまり、十両の被害はないことにした。主人を殺した相手を憎むはずなのに」

「孝太郎がそれほど信頼されてきた証《あかし》だ」

「それほど信頼してきた相手に裏切られたという思いはないのか」

「………」

「あるいは、わしの見当違いかもしれぬが、さっき、文七に『相馬屋』のおようの周辺を調べるように命じた」

「情夫がいると?」

「念のためだ」

「しかし、孝太郎は自ら進んで自白をしている。否認しているわけではないのだ」

「そこに何かあるのではないか」

「うむ」

左門は腕組みをして唸った。

剣一郎は苦笑し、

「牢屋敷を狙った付け火の探索から思わぬほうに目が向いてしまったが、気になることは調べたい」

「わかった。わしたちももう一度、調べ直してみよう」

左門は剣之助に目を向けてから答えた。

「孝太郎の詮議はあと何回ほどだ？」

剣一郎はきいた。

「明日で最後だ。あとは、お奉行のお白州があるだけだ。死罪のお裁きは免《まぬか》れまい」

お奉行のお裁きのあと、老中と将軍の裁可を得て、いよいよ処刑ということになる。

「早くて処刑まで五日から十日ほどか」

「そうなるな」

左門は応じてから、

「もし、剣一郎の懸念が当たっているとしたら、取り返しのつかぬことになる」

「明日、詮議の前に孝太郎に会ってみる」

何を得られるかわからないが、会わずにはいられないという焦燥《しょうそう》感に襲われた。ともかく時間がないのだ。

翌日の朝、小伝馬町の牢屋敷から取り調べのために、囚人たちが数珠《じゅず》つなぎになって南町奉行所まで連れられてきた。

取り調べの順番を待つ間、仮牢に入れられる。

剣一郎は孝太郎を仮牢の並びにある牢屋同心詰所に呼び出した。孝太郎は二十六歳で、細身のおとなしそうな男だった。

板敷きの間に座らせ、剣一郎は切り出した。

「これは取り調べとは違う。わしひとりの考えできくことだ」

「はい」

孝太郎は不審そうな表情で頷く。

「そなたは『相馬屋』の主人殺しを自白しているが、間違いないのか」

「はい」

「十両の前借りを『相馬屋』の主人に頼んだとき、その場に内儀はいたのか」

「はい。口添えしていただきました」

孝太郎は畏まって答える。

「内儀はどうして？」

「孝助が私を訪ねてきて、十両を用立ててくれと泣かんばかりに頼みました。内儀さんがそのことを知って、私に前借りをするように勧めてくれたのです」

やはり、内儀が絡んでいると、剣一郎は逸《はや》る心を抑えて、

「主人の部屋に押し入り、相馬屋に見つかったので石で殴ったというが、なぜ、石を持っていたんだ？」

「万が一、見つかったら殴りつけるつもりでした」

「相馬屋は悲鳴を上げたはずだ」

「はい」

「内儀がすぐに飛んで来たのではないか」

「はい。私は庭に逃げ出しましたが、姿は見られたと思います」

「番頭をはじめ、他の奉公人も駆けつけたはずだが」

「私の方が一足早く逃げ出していました」

孝太郎はよどみなく答える。何度も、取り調べできかれたからだろうが、まるで暗記した言葉をなぞっているような空虚さを感じた。

「盗んだ十両を持って孝助の長屋に行き、土間に投げ込んでいる。どうして、直に渡さなかったのだ？」

「焦っていたのです。通夜の取り込みの最中にお店を抜け出してきたので、早く帰らねばならないと思って……」

「しかし、孝助に気づかれなかったらどうするつもりだったのだ？」

「いるのを確かめましたから」

「確かめた上で投げ込んだというのか」

「そうです」

「孝助は十両をどうしたか知っているのか」

「博打の負けを清算したそうです」

「違う」

「えっ？」

はじめて、孝太郎の表情が動いた。

「よく聞くのだ。孝助は自分のために金が必要だったのではない。好きな女が身売りをしなければならないのを助けるためだ。おすみという女で、竹蔵という男の女房だ。助けたところで、孝助には何の利もない。それでも、助けたかったようだ」

「博打で負けたわけではなかったというのですか」

「そうだ。自分のことにすれば、そなたが前借りをしてまで助けてくれる。そう思ったようだ。赤の他人のために、そなたに恐ろしいことをさせてしまったと、孝助は深く後悔している」

「………」

剣一郎がはたと睨むと、孝太郎は目を伏せた。

「孝太郎。何か隠していることはないか」

剣一郎が鋭くきく。

「いえ」

一瞬、体をぴくっとさせて、孝太郎は答えた。

「そなたは、ほんとうに相馬屋を殺し、十両を奪ったのか。誰かの身代わりになっているのではあるまいな」

「違います」

孝太郎の声が震えた。

「しかと相違ないな」

「はい」

「そうか」

そのとき、ひらめいたことがあり、剣一郎はあっと声を上げた。

「まさかとは思うが、念のために言っておく。孝助は『相馬屋』に押し入っていない。そのことはわかっているな」

「…………」

孝太郎の口がわななないた。

「どうした？」

「孝助が『相馬屋』に押し入っていないとはほんとうですか」

孝太郎が震える声できく。

「なぜ、そのようなことをきく。当然ではないのか。押し入ったのはそなたなのだから、孝助ではないことは明らかだ」

孝太郎の目に恐怖の色が浮かんだ。

「そなたがとんでもない早とちりをしているといけないので、もう一度言おう。孝助は『相馬屋』に押し入っていない。ましてや、相馬屋を殺し、十両を奪うはずはない」

口を半開きにしている孝太郎にさらに、

「孝助は土間に投げ込まれた十両を、そなたが投げ入れてくれたのだと思った。もちろん、『相馬屋』の主人から借りたものだと信じ、翌日、さっそく竹蔵とおすみ夫婦のもとに飛んで行った。その金で、おすみは岡場所に売られずに済んだ」

「…………」

「よいか。孝助は『相馬屋』の主人から借りたものだとばかり、思っていたのだ。だから、相馬屋が殺されたことを知ったときには息が詰まりそうだったという」

「そんな……」

孝太郎が頭を抱えた。

「そなたは、まさか孝助の仕業だと思っていたわけではないだろうな」

剣一郎は鋭く問い詰めるように、

「孝太郎。そなた、孝助の身代わりになったつもりでいるのではあるまいな。もし、そうなら、とんでもない勘違いだ」

「だって、孝助を見たって男が……」

「誰だ、それは？」

「重助《しげすけ》という男だそうです。どこの人間かわかりません」

孝太郎の顔面が蒼白になっていた。

「どこの人間かわからない？」

「はい。内儀さんから聞いただけですので」

「内儀の又聞きの話を、まともに信じてしまったのか」

剣一郎は呆れたようにきく。

「もちろん、信じられませんでした。でも、孝助は無事でした。十両用意できたのだと思ったのです……」

「孝助はそなたから金をもらったと思っていたはずだ」

「旦那さまの通夜のあと、内儀さんが私を呼びつけ、孝助の仕業らしいと話してくれたのです。葬儀が終わってから、私に会いに来た孝助はこう言ったんです。おかげで無事に片がついたと。私は孝助の仕業だと思い込んでしまいました」

「それで身代わりになろうとしたのか」

「このままだと、いずれ孝助は捕まる。それで、内儀さんに相談しました。孝助を助けたい。私が身代わりになるので、重助さんによけいなことを言わないように頼んで欲しいと訴えました。内儀さんは私に同情してくれていたので、私の頼みを受け入れてくれ、それから十両の件は、内儀さんが孝助に貸したことにすると仰ってくれました」

「なぜ、孝助のために、そこまでするのだ？」

「早くにふた親を亡くし、幼い孝助とふたり取り残されました。私が『相馬屋』に丁稚奉公《でっちぼうこう》に上がるとき、私にしがみついて泣いていたのを忘れられません。孝助も指物師の親方の家に住み込んだのですが、ときたま『相馬屋』まで私に会いに来ました。一晩中、店の戸口の前で立っていたことも、雨に濡れながら立っているのを女中さんが見つけて台所に入れてくれたこともありました。甘えん坊で、泣き虫でした。私がいなければ、何も出来ない子でした」

　孝太郎はしんみりとし、

「孝助だけはなんとしても守ってやりたいのです。私の分も仕合わせになってもらいたいのです。でも、長じるにしたがい、手慰みをするようになって……。曲がった性根を鍛《きた》え直すにはよほどの荒療治がいると思っていた矢先に、今度のことです。私が身代わりになることによって、孝助が改心してくれたらと」

「そうか。しかし、そなたは間違っている。仮に、孝助が下手人だったとしても身代わりになどなるものではない。それでうまくいくとは思えぬ」

「はい」

がくっと、孝太郎は肩を落とした。

「よいか。きょうの取り調べで、ほんとうのことを洗いざらい喋るのだ」

「はい」

「よし」

孝太郎の怒りの籠もった目を見て、剣一郎は安堵《あんど》した。


それから一刻（二時間）後、剣一郎は佐賀町の『相馬屋』に来ていた。この前と同じ部屋で、内儀のおようと差し向かいになった。

「孝太郎がすべてを話してくれた」

剣一郎は切り出した。

「何のことでございましょうか」

「相馬屋殺しの下手人が他にいることだ。つまり、孝太郎は殺してもいなければ、十両も盗んでいない」

「…………」

「孝太郎は、そなたから孝助が下手人だと聞かされたという。それはまことか」

「私は、重助というひとから、裏口から孝助さんが逃げて行くのを見たと聞いたので、そのことを孝太郎に話しただけです」

「重助というのはどこの人間だ？」

「わかりません」

「わからない？」

「通夜の晩にやってきて、話があると私を呼びつけ、下手人を見たと教えてくれたのです。そのとき、重助と名乗っていました」

「どんな男だ？」

「四十近い、丸顔の小肥りの男でした」

「なぜ、重助は夜中にこの付近にいたのだ？」

「酔っぱらって、裏通りに入り、この家の裏口近くの暗がりで寝込んでしまったそうです。ちょうど目を覚ましたとき、裏口から男が飛びだしてきた。賭場で何度か見かけたことがある孝助だとわかったと言ってました」

「その男の言い分を信じたのか」

「信じたわけではありません。でも、そのままを孝太郎に告げましたよ。孝助さんは十両を手に入れていたんです。孝太郎はそれを知って、孝助さんの仕業だと思ったんじゃないですか」

「何者かが十両を孝助の長屋に投げ込んだのだ」

「でも、誰が何のために？」

そなたではないか、という言葉を剣一郎は喉元で抑えた。証がない以上、問い詰めることは出来ない。

おようは想像以上にしたたかな女だ。およう への追及は、文七の調べを待ってからにするしかなかった。

剣一郎はその足で、海辺大工町にある指物師久吉親方の家に向かった。

第三章　悟《さと》り

一

夜、八丁堀の屋敷で、京之進から話を聞いていると、文七が庭先に立った。が、文七は話の邪魔をしないように、静かに待っていた。

「役者崩れの音次郎に夢中になっていた後家のおくにですが、不審な男との接触はありません」

今でも音次郎を忘れられずに、詮議のために牢屋敷から奉行所に向かう音次郎を捜しているという。小金を持っており、付け火をさせる男を雇うことも考えられたが、その気配はないらしい。

雇うとしたら、お熊の情夫である定吉、富蔵、裕太郎の三人のいずれかであろうと考えたが、その中の誰とも手を組んでいる様子はないということだ。

「引き続き、この三人の男の動きを見張っています」

「喜三郎の弟分の鎌太郎のほうは？」

「深川にいるらしいというので捜していますが、まだ見つかりません。そういえば、明日は喜三郎のお奉行の取り調べがあるそうです」

「明日か。では、喜三郎の裁きが出るのか」

牢屋敷内にいる死罪に相当する囚人のうち、もっとも早いお裁きが喜三郎に出る。

三件の辻強盗を働き、ふたりを殺し、ひとりに大怪我をさせているので、死罪は間違いない。引き回しの属刑も加わるであろう。

お白州で死罪が言い渡されても、即刻処刑が行なわれるわけではない。老中と将軍の裁可がおりるまで数日かかる。

付け火が弟分の鎌太郎の仕業だとしたら、時間がない。今度の強風の日は要注意だ。そう思った。

「青柳さま。どうぞ」

京之進が庭先にいる文七を気づかった。

「うむ」

剣一郎は立ち上がり、濡縁に出た。文七は実直にずっとその場に立って待っていた。

「待たせた」

「いえ」

「何かわかったか」

『相馬屋』の内儀およようのことを調べてもらっていたのだ。

「およようは元柳橋の近くにある『吉羽《よしば》』という料理屋で働いておりました」

「『吉羽』か」

大きな門構えの料理屋を思い浮かべた。

「客でやってきた相馬屋に見初められて、後添いになったそうです。七年前のことです。当時は、特に情夫のような男はいなかったということです」

「周囲が気づかなかっただけではないのか」

「いえ、何人もの男がおように言い寄っていたそうです。およように振られたひとりで、鳶《とび》の頭《かしら》に話を聞きましたら、およようは金のある人間しか相手にしない女で、あまりにもあからさまなものですから貢《みつ》ぐような男はいなかったということです」

「金のある人間しか相手にしないというのか」

「金に惚れるほうだと自分でも言っていたそうです。『吉羽』で働き出したのは、金持ちをつかまえるためで、相馬屋の後添いになったのも金が決め手だったようです」

病気の親を抱えた貧しい娘が、金のある男に魅力を感じるのも無理からぬことかもしれない。

男が出来たとしたら、当時からのつきあいではなく、後添いになった以降のことかもしれない。

剣一郎はそのことを言い、

「偽《にせ》の名だと思うが、重助という名も頭に入れておいてもらいたい。この男が孝助を見たと内儀に告げたことになっている」

そう言い、引き続き、おようの情夫を捜すように命じた。

文七が去ってから、剣一郎は再び部屋に戻り、京之進と差し向かいになった。

「文七に調べさせているが、主人殺しの孝太郎は下手人ではない。弟の孝助の仕業だと思い込まされた孝太郎が身代わりになった」

「それは、まことで?」

「うむ。そこに、内儀のおようが関わっているのではないかと疑い、おように男がいるかどうか調べさせている」

『相馬屋』は深川佐賀町にあるので、京之進の管轄ではない。もし、京之進が探索をしたら、結果は違ったものになっていたかもしれない。

「不幸中の幸いというべきか。付け火騒ぎがなければ、孝太郎のことはこのままになっていただろう」

「それにしてもたいへんなことになるところでした。無辜《むこ》の人間を殺してしまうところでした」

京之進が身を震わせるように言った。

「ところで、付け火が喜三郎を助けるためだとしたら、近々、鎌太郎が動く。警戒を強めねばならぬ」

「はい。さっそく今夜からでもさらに見張りを厳重にいたします」

京之進は去って行った。

入れ代わって、剣之助がやってきた。

「父上、驚きました。きょうの詮議で、孝太郎が否認をいたしました」

「そうらしいな」

その知らせは受けていた。

「改めて、関わりある者を呼び寄せ、調べ直すことになりました」

昼間、剣一郎は指物師久吉親方のところを訪ね、孝助に会ってきた。

「青柳さま。それはほんとうですか」

孝太郎が真の下手人ではないと告げたとき、孝助は信じられないように目を見開いていた。

「孝太郎はそなたが押し入ったと聞かされ、身代わりになったのだ」

「身代わり……」

「そなたが『相馬屋』の裏口から逃げて行くのを見たという男がいたそうだ」

「あっしはそんなことはしていません」

「わかっている。誰かが孝太郎をはめたのだ。その者が十両を投げ込んだ。そなたは孝太郎が投げ入れたと思ったのだろうが、孝太郎ではない」

「………」

「誰が仕組んだことか、いずれ明らかになろう」

剣一郎はそう言ったが、いまからその証を見つけるのは困難に違いなかった。

「左門はよく孝太郎の訴えを聞き入れてくれた。取り調べのし直しなら、孝太郎は助かる。誤った処罰をせずに済んだ」

剣一郎は左門の英断を讃《たた》えた。

翌日、不安を煽《あお》るように、朝から強い風が吹いていた。

きょう、お奉行による取り調べで、喜三郎に引き回しの上に死罪が言い渡されることになっている。明日の登城で、お奉行は喜三郎に関する書類を老中に提出する。将軍の裁可が下りてからいよいよ処刑だ。

鎌太郎に残された時間はあと数日だ。きょうのような強風の日は鎌太郎にとって千載一遇《せんざいいちぐう》の好機に違いない。

剣一郎は風烈廻りの同心礒島源太郎と大信田新吾には他の地域の見廻りを命じ、自分は小伝馬町界隈の見廻りに出ることにした。

午後になって風はさらに強くなった。きょうの風は未申《ひつじさる》（南西）の方角からだ。これだけの強い風ならかなり離れた場所で火を付けられても、燃え上がったら、あっと言う間に牢屋敷まで類焼するはずだ。

見廻りはかなり広範囲に行なわなければならず、火消しの鳶の者が見廻っているが、各町内にも自警団を作らせて見廻らせた。

自身番の脇に立っている火の見櫓《やぐら》では見張り番が目を光らせていた。

喜三郎が狙いなら、昼間の付け火はない。喜三郎は取り調べのために南町奉行所に連れ出されているからだ。

だが、狙いが他の囚人だとしたら昼でも油断は出来ない。盗賊百足の権蔵や役者崩れの音次郎、あるいは毒婦お熊はきょうは牢屋敷にいるのだ。

剣一郎は日本橋本町《にほんばしほんちょう》の裏通りから室町《むろまち》を通り、小伝馬町二丁目にある井村良沢の診療所にやって来た。

為五郎の枕元に行き、

「為五郎。具合はどうだ?」

「へえ、だいぶいいようです。早く、元気になって仕事がしてえ」

為五郎は悔しそうに言う。

「焦ることはない」

「へえ」

「それより、きょうのような風の強い日は火事に気をつけねばならぬ」

「へえ、寝ていても風の音が不気味で」

「万が一、火事が発生したら、誰かの手を借りて逃げなければなるまい。良沢に話しておこう」

「青柳さま。付け火があるでしょうか」

為五郎は不審そうにきく。

「わからぬ。だが、用心にこしたことはない」

「あっしは最近……」

為五郎が口を開いた。

「あっしを刺した男の顔が浮かんでくるんです」

「何か思いだしたのか」

「ええ、一瞬だけですが、微《かす》かに顔を見ていたようなんです。ですが、どんな顔だったかうまく言えません。でも、たぶん、もう一度会えばわかると思います」

「会えばわかるか」

剣一郎はそれは重大だと思った。

「と、思います」

「そうか。そのときは手を貸してもらう」

「へい」

「では、しっかり養生しろ。良沢に会ってから帰る」

「青柳さま。あっしより、麻吉のほうが心配です。修次が助けてやるかどうか。

お願いです。修次に注意してやってくれませんか」

「わかった。このあと、寄ってみよう」

「へえ、すみません」

剣一郎は良沢に会って、付け火の恐れを話し、為五郎の避難を頼んだ。


良沢の家を出てから、斉太郎店に足を向けた。

木戸を入り、飾り職人修次の住まいの前に立つ。ここに体の自由のきかない麻吉が住んでいるのだ。

腰高障子を開けると、部屋で修次が仕事をしており、その後ろで、麻吉が懸命に壁に手をかけて立ち上がろうとしていた。

麻吉は尻餅《しりもち》をつき、どすんという音を立てた。

「これは青柳さま」

修次は手を休めて、顔を向けた。修次は背後で立ち上がる訓練をしている麻吉にまるで関心がないようだった。

「きょうは風が強い」

剣一郎は口にした。

「へえ、さっきから外で何かが飛ばされているような音がして、驚きます」

修次が答える。

「このような日は火事の心配がある。万一のときは麻吉を助けて逃げるのだ」

剣一郎は畳に手をついて喘いでいる麻吉を見て言う。

「へえ」

修次は頷いてから、

「付け火ですか」

と、驚いたようにきく。

「万が一に備えてだ。ところで、麻吉の具合はどうだ？」

麻吉は壁に寄り掛かり、俯いていた。

「どうした？」

剣一郎は麻吉に声をかけた。

しかし、麻吉は軽く顔を上げただけだ。

「なあに、いつものことですよ。同情を引こうって気なんです。困ったもんです。でも、青柳さま」

修次は麻吉にちらっと目をやり、

「兄貴はあんな不自由な体になっちまって、職人としてやっていくことも出来ないどころか、ひとの世話にならなきゃ、生きていけない身です。そんな姿で生きていくより、いっそ火事で焼け死んでしまったほうが……。おっと、いけねえ。つい本音が出てしまった。心配いりません。火事があれば、兄貴を連れて逃げます」

修次は口許に笑みを浮かべた。麻吉は悔しげな目で修次を睨んだ。

「修次。そなたは……」

剣一郎は言いさした。

「兄貴の心残りは親方の娘のおくみさんでしょう。でも、そのおくみさんのことはあっしが責任を持ってお守りする。だから、これが、あっしの兄貴への恩返しってとこですかね」

「しゅうじ、てめえ、は、それ、でも……」

麻吉が気色ばんだ。

「兄貴。まさか、そんな体でおくみさんと所帯を持ちたいなどと願っているんじゃないだろうな。おめえの世話だけで、おくみさんを一生縛《しば》りつけようなどと思っているなら、おくみさんを不幸にするだけだ」

「なぜだ？」

剣一郎は声をかけた。

「なぜと仰いますと？」

「そなたは、なぜ本人に向かってそのようなことを言えるのだ？」

剣一郎は修次の心が理解出来なかった。

「そのことですか。それほど、親しい仲だからですよ。青柳さま。ご安心くださ い。火事になっても、必ず兄貴を連れて逃げます。おくみさんと所帯を持つまでは兄貴の面倒を見なきゃならないんで」

何か言おうとしたが、修次と麻吉の間になにか微妙な雰囲気があり、なぜかそれが剣一郎の介入を拒否していた。

踏み込めない何かを感じ、

「頼むぞ」

と、剣一郎は少し強い口調で言うのが精一杯だった。

路地に出てから、剣一郎はふたりから受けたものにひっかかった。ふたりの間にはある種の緊張感がある。その矛先《ほこさき》が剣一郎にも向いてきた。そんな感じだった。

それにしても、なぜ、修次はあれほど麻吉に辛辣《しんらつ》になれるのだろうか。よほどの因縁《いんねん》があったのか。親方の娘おくみをめぐっての確執か。

麻吉とおくみは好き合っていたのだろう。そこに、修次が割って入った格好だ。だが、おくみには麻吉への思いがまだ残っているのかもしれない。

嫉妬《しっと》か。嫉妬だろうか。

剣一郎は大家の家に寄り、麻吉のことを頼んで辞去した。


夕方に、剣一郎が牢屋敷の前に差しかかると、ちょうど囚人の一行が奉行所から牢屋敷に帰ってきたところだった。

お仕着せの木綿《もめん》の単衣《ひとえ》を着た囚人たちが数珠つなぎになって帰って来た。その中ほどに、月代《さかやき》が伸び、髭面《ひげづら》の三十半ばと思える男が眼光鋭く周囲を睨《ね》めまわしながら牢屋敷に入って行った。喜三郎だ。

剣一郎は辺りを見回した。一行を見送った野次馬の中に、鎌太郎を捜したが、不審な男は見つからなかった。

ふと、背後に近づいてくるひとの気配がして振り向く。

編笠の侍が近づいて来た。

「山脇どのか」

剣一郎が声をかけた。火盗改め与力の山脇竜太郎だった。

「青柳どの。向こうに」

竜太郎はさっさと歩きだし、近くにあった稲荷社《いなりしや》の小さい境内《けいだい》に入った。人気《ひとけ》はなかった。

「この界隈は、我ら火盗改めも警戒に当たっている」

竜太郎が切り出した。

「丹蔵の行方は？」

「わからない」

丹蔵は百足の権蔵の手下だ。一味の中で、丹蔵だけが逃げた。権蔵は拷問にかけても丹蔵の居場所を言おうとしなかったので、丹蔵と権蔵の間で火事による逃亡を示し合わせていたのではないかという疑いが生じた。

「丹蔵が住んでいた場所や同じ盗人稼業の者にきいてもわからない。これだけ捜してもわからないのは、丹蔵は江戸にいないのかもしれない」

竜太郎が首をかしげる。

「付け火は丹蔵ではないと？」

「そうだ。丹蔵は女といっしょに、俺を裏切ったと、権蔵は言っていた。それはほんとうのことだったのかもしれない」

竜太郎は弱気になった。

「女の方からの探索は?」

剣一郎は確かめる。

「女の行方もわからない」

「そうか。ともかく、いまは付け火を防がねば……」

「また、何かわかったら」

そう言い、竜太郎は稲荷社の境内を出て行った。


夜になっても、風は収まらなかった。

各町内を鳶の者が見廻り、仕事を終えた男たちも見廻りをはじめた。これだけの見張りの目を盗んで付け火をするのは難しいと思いながらも、油断は出来なかった。

剣一郎は路地の奥の暗がりにまで近づいて賊を捜した。強風のために提灯《ちょうちん》に火が入れられずに、暗い中での見廻りを余儀なくされた。

堀江町《ほりえちょう》で、京之進の一行と出会った。

「空き家や不審な人間が住んでいる家を当たっていますが、いまのところ問題はありません」

「うむ。まだ、夜は長い。慎重にな」

「はっ」

京之進と別れ、剣一郎は伊勢町《いせちょう》堀《ぼり》までやって来て、風を背に立った。強い風は小伝馬町の牢屋敷に向かって吹いている。

この付近で火を放てば、間違いなく、牢屋敷まで火の手は向かう。いや、この強風では牢屋敷どころではない。神田《かんだ》、日本橋一帯は火に包まれる。そのようなことをさせてはならない。

見廻りの拍子木《ひょうしぎ》の音が各町内から聞こえる。

子の刻（午前零時）を過ぎて、ようやく下弦の月が昇った。徐々に月の光が町を照らし、漆黒の闇《やみ》が消えていった。

賊を見つけやすくなった。そして、月の出とともに、風が収まってきた。危機を乗り越えたと思ったが、油断は禁物だった。

だが、何ごともなく、夜明けを迎えようとしていた。

二

麻吉は目をさました。近くで、修次が寝息を立てている。ゆうべは夜半過ぎに風が収まり、それまで寝つけなかったが、その後いつの間にか寝入ってしまった。

ゆうべ寝つけなかったのは風が強かったせいばかりではなかった。昨日の修次の言葉が耳朶《じだ》にこびりついていた。

兄貴はあんな不自由な体になっちまって、職人としてやっていくことも出来ないどころか、ひとの世話にならなきゃ、生きていけない身です。そんな姿で生きていくより、いっそ火事で焼け死んでしまったほうが……。

怒りに身を打ち震わせて聞いていたが、修次の言う通りだ。俺はひとの世話を受けずには生きていけないのだ。飾り職人としてこれからだというときにこんな病に罹ってしまった。

倒れたときに、俺は死んだのだ。だから、ゆうべ、火事を期待した。火事になれば、修次は俺を助ける。自分だけ助かったら親方の信頼を失う。だから、助ける。

　そのとき、修次にしがみつき、修次も火事の中に閉じ込めるつもりだった。ふたりで焼け死ぬ。そのことを考えると、興奮して、寝つけなかった。

　修次は火事が気になるのか、何度も路地に出た。そのたびに、風が弱まらないとぶつぶつ言いながら帰ってきた。

　修次も眠れなかったようだ。

　天窓から朝陽が射し込んでいる。その明かりを見て、麻吉はゆうべの自分を恥じた。火事を期待するなんてとんでもないことだ。

　多くのひとが焼け出され、中には火傷《やけど》を負ったり、焼死したりするひとも出るだろう。死ぬのは自分と修次のふたりだけでなくてはならない。

　麻吉は体を起こした。修次の寝息はまだ聞こえる。手を握りしめる。少し力が入るようになった。まだ、包丁は持てないが、もう少しでなんとかなりそうな気がする。

　這うようにして土間まで行き、足から下り、杖をついて立ち上がる。ふらふらとしたが、なんとか持ちこたえた。

　足を少しずつ動かす。のっそりとした動きだが、なんとか腰高障子まで辿り着いた。心張り棒を外し、戸を開ける。

長屋の路地には納豆《なつとう》売りと豆腐屋が来て、女房たちが出て来ていた。

「麻吉さん。おはよう」

隣家のおふでが挨拶をする。

「おはよう」

麻吉も返す。

「だいじょうぶ？　手を貸そうかえ」

「いや」

麻吉は遠慮する。

何度か倒れそうになったものの無事に厠に辿り着いた。一番端っこに住んでいる団扇《うちわ》職人の男が狭い中にいっしょに入って体を支えてくれる。

「すまねえ……」

なんとか自分で出来るが、せっかくの親切を受けた。

「いいってことよ。気にすんな」

用を足し、再び杖をついて部屋に戻った。

修次はまだ眠っていた。

その日、朝飯を食ったあと、修次は親方のところにいそいそと出かけた。すっかり、おくみの婿になって親方のあとを継ぐ気になっている。

すべて俺の役割だった。おくみの婿になるのも、ゆくゆくは親方のあとを継ぐのも、俺だったのだ。

それが病に倒れ、状況は一変した。なぜ、俺がこんな目に遭わなきゃならねえんだ。俺が何か悪いことをしたって言うのか。

麻吉は天を呪《のろ》った。仏や神も、みな麻吉には裏切り者でしかなかった。

腰高障子が開いて、おふでが顔を出した。

「修次さん、でかけたんでしょう」

そう言いながら、おふでが土間に入ってきた。

「麻吉さん。どう？　何か困ったことはない？」

「へえ、だいじょうぶ、です」

おふでだけでなく、長屋の住人はみな修次がいなくなると、顔を出して、面倒を見てくれる。

修次の冷酷さを目の当《ま》たりにしているせいか、長屋のひとたちのやさしさが骨身に沁《し》みる。

「前から言っているけど、厠に行きたいときは壁をどんどん叩いてくれたらすぐ駆けつけるからね」

「すまねえ」

「それにしても、あの修次って男はなんなんだえ。麻吉さんに仕事を教わった身だろう。その恩誼もへったくれもあったもんじゃない」

おふでは憤慨する。

「あいつは……」

麻吉もつい修次の悪口を言おうとしたとき、戸が開いた。

途中で忘れ物に気づいて修次が帰って来たのかと思い、はっとし、おふでも飛び上がりそうになった。

顔を出したのは二十半ばの化粧の濃い女だ。おちよだ。

「また、修次さん、いないの」

なまめかしい声できく。

「でかけた」

麻吉は乱暴に言う。

「逃げているんじゃないでしょうね」

おちよが憤然という。

「にげるって？」

麻吉は不思議そうにきいた。

「ねえ、それより、知っている？」

おちよが顔色を変えた。

「なに？」

「修次さん、親方の娘の婿になるってほんとうなの？」

「そんなこと、ない」

麻吉は強い口調になった。そんなことはさせないと、内心でもう一度叫ぶ。

「ほんとう？　そうよね。だって、私をおかみさんにしてくれると約束してくれたんだもの」

「おかみさんって、それはほんとうか」

「ほんとうよ」

「おまえ、さんはどこのひと？」

麻吉はきいた。

「浜町河岸《はまちょうがし》の近くにある呑み屋で働いているわ。じゃあ、また、来るわ」

「あっ、ちょっと」

おちよは出て行った。

「修次さんはあんな女とつきあっているんだ。あんな女がいながら、おくみさんと所帯を持とうとしているなんて」

おふでは憤慨しながら引き上げた。

昼前に修次が帰って来た。

「おちよさん、が、きた」

麻吉は修次に言う。

「また、来たのか。しつこい女だ」

「かみさんになるといって、いた」

「かみさん？　冗談じゃねえ。誰があんな女をかみさんにするものか。俺は親方の娘の婿になると言ってある。いいか。親方にはこのことは内緒だぜ」

「………」

「なんでえ、返事は？」

修次は不快そうな顔をし、

「言いたいなら言え。言ったって、親方は信じねえぜ。おめえが、俺に嫉妬してあらぬことを口走っているとしか受け取らねえ。嘘だと思うなら、話せ」

「はなす」

「なんだと」

修次は顔色を変え、

「そうかえ。そうだ、じゃあ、そろそろ手足を動かす訓練をするか」

「よせ」

「遠慮するな。医者だって言っていた。手足を動かしたほうがいいってね」

修次は麻吉の背中にまわった。そして、背筋に自分の膝をあてがい、両手を摑んで後ろにぐっと引いた。

「いてッ」

全身に激痛が走った。

「なあに、痛《いて》えぐらいがちょうどいいんだ。ほれ」

また、ぐっと引いた。

「いてえ、やめろ」

麻吉は喚《わめ》いた。

「今度はどうするんだ。腕を持ってまわすか」

「いてえ」

「親方に言うのをやめるか。どうなんだ？」

「………」

「そうかえ。そのつもりなら、今度は足だ」

手を放し、代わりに足を摑んだ。麻吉は腹這いになった。背中に片足を押しつけ、麻吉の両足をぐっと反《そ》るように引っ張った。

「いてえ」

そのとき、腰高障子が乱暴に開いて誰かが入って来た。

「修次さん。やめて」

おふでが飛び込んで来た。

「何をしているんだ？」

男の声もした。小町屋だ。

「なんですか、ふたりで押しかけて。病気を治してやっているんですよ」

修次は口許を歪めた。

「麻吉さんは悲鳴を上げている。やめなさい」

小町屋がいつになく強い口調になった。

「『小町屋』の旦那。これは、あっしたちの問題です。よけいな口出しはよしにしてくださいませぬか」

「無茶だ」

急に背中が軽くなった。

小町屋が修次を突き飛ばしたらしい。

「なに、するんですかえ」

「おまえさんには任してはおけない。このことで、少し話し合いたい。ともかく、私の橋場の寮を見てもらいたい。そうすれば、おまえさんも納得してくれるはずだ」

小町屋は修次に迫る。

「あっしは、このままで」

麻吉が声を挟むのを、

「麻吉さん。私に任せなさい」

と、小町屋は制した。

「そうだよ、麻吉さん。もう、ここにいたんじゃいけないよ。『小町屋』の旦那の世話になるほうがいいよ。修次さんは、おまえさんを利用しているだけなんだ」

おふでは憤慨して言う。

そうじゃねえ。俺は修次を殺したいのだ。そのために、ここにいるんだ。修次から引き離されるのは困る。

「修次さん。旦那がそう仰ってくださったんだ。そうしてやりなさいよ」

おふでが強く言う。

「『小町屋』の旦那。わかりやした。夕方、橋場の寮にお伺《うかが》いしましょう。ほんとうに兄貴のためになるなら親方もわかってくれるでしょうからね」

言葉とは裏腹に、修次は不本意な様子で顔を歪めた。

小町屋とおふでが引き上げたあとで、修次が吐き捨てるように言った。

「いってえ、どうして『小町屋』の旦那は兄貴のことをそんなに大事にするんだ。飾り職人としての兄貴の腕にほれ込んでいるのはわかるが、もう二度と仕事は出来ねえ。そんな兄貴なんて、もう値打ちはねえと思うんだがな。そう思わないかえ」

情けも思いやりもない、冷たい表情で、修次は麻吉を見た。

「だいたい、あの旦那もそうだが、この長屋の連中はお節介が過ぎるぜ。もっと、放っておいてもらいてえ」

「なんってことを」

麻吉は呻くように言う。

「ここのひとはよいひとばかりだ。ばちあたり、だ」

「ふん。善人か。くだらねえ」

修次は口許を歪めた。

「善人なんてくだらねえ」

「なん、だって」

麻吉は啞然《あぜん》とする。

「ひとの面倒を見るような身分か。そんな善人ぶっているから、いつまで経っても、貧乏暮らしだ。世の中、もっと要領よく生きなきゃだめだ。兄貴だって、そう思うだろう」

「おもわねえ」

「そうか。そうだな、兄貴みてえに、ひとの世話を受けなきゃ生きていけねえような用なし男にとっちゃ、ばかな善人が必要だ」

「てめえ。なんてこと、いいやがる……」

麻吉はかっとなった。

「なんでえ、その顔は？」

修次は不快そうに顔を歪め、

「体がまっとうなら殴り掛かっているって顔つきだな。残念だな。だが、兄貴がまっとうな体なら、俺の態度も違うぜ」

と、くっくと奇妙な声を出して笑った。


夕方、修次が橋場の『小町屋』の寮に出かけた。

まさか、寮を見て、修次が俺をその寮に追いやるってことはないだろうなと、麻吉は不安になった。

おくみとのことがうまくいけば、修次はもう麻吉に用はなくなる。おくみとの件はどこまで話が進んでいるのか。

修次が橋場の寮にわざわざ出かける気になったのは、その話がまとまりかけているからかもしれない。

そう思うと焦った。早く、もっと体を動かせるようにしないと手遅れになる。

麻吉は壁に手をついて立ち上がる。それから数歩歩く。膝から崩れた。今度は壁に手をつかずに立ち上がる。なんとか立ち上がれた。半歩ずつ、足を進める。部屋の中が薄暗くなった。おふでがやって来た。

「いま、灯《ひ》を入れるわ」

おふでが部屋に上がって、行灯《あんどん》に灯を入れた。まだ、麻吉は火を使えないのだ。

「修次さんが、暗くなったら行灯に灯を入れてやってくれと」

さっき出て行くときに、おふでに頼んだらしい。

「夕飯はなに？　えっ握り飯だけ」

おふでが呆れたように言う。

「あまりいいものを食べさせてもらえてないだろうと思ったわ。これを食べておくれ」

野菜とアサリなどの和《あ》え物を差し出した。

「すまねえ」

「食べさせてやるよ」

おふでが箸《はし》を持って言う。

「じぶんで」

 麻吉は断わり、箸を握った。早く、包丁を摑めるようになるのだ。そのためには箸くらい使えなくては……。

「そうかえ」

麻吉は指先に少し力が入るようになった。

飯を食い終わり、おふでが後片付けをして引き上げ、ひとりになって、麻吉は再び、起き上がる訓練をはじめた。

立ったり、座ったりを繰り返し、それから土間の上り下りを何度もした。それをやりながら、両手の指を閉じたり開いたりする。

修次を殺し、自分も死ぬためだ。

この長屋のひとたちに迷惑をかけることは心苦しいが、小町屋は俺の気持ちを知っている。きっと、長屋のひとに話してくれるはずだ。

それにしても、小町屋はなんで、修次を橋場の寮に呼びつけたのか。場所を見せたところで、修次の気持ちが変わることはない。

それより、小町屋は俺の気持ちを知っていて、なぜ橋場の寮に引き取ろうとしているのか。

「麻吉さん。わかった。なんとかしよう」

小町屋は前回、引き上げるとき、そう言った。あの言葉はなんだったのか。

修次はまだ帰って来なかった。

三

その日の昼下がり、剣一郎は山脇竜太郎に呼ばれ、小伝馬町の牢屋敷にやって来た。

百足の権蔵が山脇竜太郎を名指しで呼んでいるとの鍵役同心からの使いがあり、付け火の件らしいので、剣一郎にも知らせてきたのだ。

牢屋敷の表門の前で竜太郎と落ち合い、剣一郎は牢屋敷を訪れた。

黒羽織の鍵役同心がやってきて、ふたりを迎え入れた。鍵役同心は牢屋奉行石《いし》出帯刀《でたてわき》支配の同心の中で上席の者である。

「きのう、付け火の警戒態勢に囚人たちも何かを感じ取っていたようでしたが、今朝になって権蔵が火盗改めの与力を呼んでくれと言い出し、山脇どのにお知らせしました」

「ごくろうでござる。南町の青柳どのにもご同道願った。さっそく、権蔵に会わせていただきたい」

「はっ」

鍵役同心の案内で、牢の建屋がある内塀に入り、改め番所で待った。

やがて、髭面の大男が牢屋下男に縄尻をとられ、牢屋同心に見守られながらやってきた。

「これは山脇さま。お久し振りでございます」

権蔵はえらの張った四角い顔で、丸い小さな目は鈍く光っている。

「権蔵。そんな挨拶はよい。用件を申せ」

「こちらのお方は青痣与力でございますな」

権蔵は満足そうに頷いた。

「権蔵。話を聞こう」

剣一郎も話を促《うなが》す。

「わかりました。付け火の件ですが、あれは我が手下の丹蔵の仕業でございます」

「丹蔵に間違いないのか」

竜太郎が確かめる。

「はい。万が一、仲間が捕まったとき、逃げ延びた者が牢屋敷近くにて付け火をして逃がすという話し合いをしておりました」

「丹蔵はどこにいる？」

「申し上げられませんが、この近くにいるはずです。きのう、丹蔵が動かなかったのは、あっしが止めたからです」

「止めた？」

「はい。山脇さまとの話し合いで解決出来るものなら、よけいな殺生はしないほうがいいと考えましてね」

「どういうことだ？」

「火を付けるのはあっしを逃がすためです。ならば、あっしを逃がしてくれれば、付け火はする必要はなくなります」

「逃がせと言うのか」

竜太郎は口許を歪めた。

「はい」

「そんなこと、出来るはずはない」

「ならば、たくさんの焼死者が出ますよ。丹蔵にも三人ほど手足となって動く者がおります。いざとなれば、三人がまったく別の場所で同時に火を放つことになっております。もし、あっしを放免してくだされば付け火をやめさせましょう」

「いつ、連絡を取り合っていたのだ?」

「奉行所までの往復の間です。野次馬の中に丹蔵は混じっていました」

「……………」

「いかがでしょうか」

権蔵は含み笑いできいた。

「出来ぬ相談だ」

竜太郎が答える。

「それでは大惨事になりますぜ。きのうのような大風では何人もの死者が出ることでしょう。それでもいいんですかえ」

「権蔵」

黙ってきいていた剣一郎が口をはさんだ。

「はい」

にやつきながら、権蔵は剣一郎に顔を向けた。

「浅知恵だ。権蔵」

剣一郎は一喝する。

「浅知恵とは心外でございますな」

「そう思うか。ほんとうに助かりたいと思うなら、なぜ、そんなことを話すのだ？　付け火をさせて逃亡を図ったほうがまだ望みはあろう」

「それでは多くの死者を出すことになります」

「百足の権蔵がそのようなことを考えるとは思えぬが」

剣一郎は哀《あわ》れむように権蔵を見て、

「権蔵、焦ったな」

「えっ？」

「ひょっとして、手下の丹蔵はそなたを裏切って逃げたのではないか」

「そのようなことはありえません。丹蔵はあっしの忠実な手下ですぜ」

「違うな。だったら、このような小細工はしまい」

「…………」

「付け火を恐れて、そなたを放免すると思うか。付け火は防げる。仮に、うまくいったとしよう。だが、そなたの手下が火を放ったとなれば、そなたを解き放つわけはない」

権蔵の顔色が変わった。

「つまり、そなたは付け火の噂《うわさ》を耳にし、賭けに打って出たというわけだ。違うか」

「…………」

「だが、権蔵。そなたが賭けに打って出た理由はまだあるのではないか」

「青柳どの。どういうことだ?」

「牢屋敷に火を放って囚人を逃がそうとするのはよほどの悪党の仲間だ。そなたは、辻強盗の喜三郎にきいたのではないか。おまえの仲間ではないのかと。どうだ?」

「恐れ入りました」

権蔵は平伏した。

「さすが、青痣与力でございます。すっかり、見透かされました」

顔を上げて、権蔵は続けた。

「きのうの大風で付け火がなかった。それで、喜三郎にききました。そしたら、弟分はいるが、そこまではしねえと顔を歪めてました」

「鎌太郎という名だ」

　剣一郎が名を言うと、権蔵は頷いた。

「そうです。そう言ってました」

「鎌太郎がどこにいるか聞いていないか」

「待乳山《まつちやま》聖天《しょうでん》の近くに住んでいる音曲の師匠といい仲になりやがったから、俺のことなど助けようなどとは思わないはずだと言ってました」

「そうか」

「あと、死罪になりそうな男は大牢にいる役者崩れの音次郎ですが、そんな胆《きも》の据《す》わった仲間がいるとは思えねえ。便乗して逃げようと思っていたが、どうやら目算が違ったと思いました」

「しかし、女牢に亭主殺しのお熊という毒婦がいる」

「女囚ですかえ」

　権蔵ははじめて知ったように目を見開いた。

「そうか、女囚まで気がまわらなかった」

「お熊には三人の情夫がいた。その中のひとりがお熊を逃がそうと図るかもしれない。また、役者崩れの音次郎にも女がいる。その女が金で付け火を依頼するかもしれない」

「ちっ、そうでしたか。やはり、あっしの浅知恵でした」

権蔵は自嘲した。

「丹蔵はそなたを裏切ったのではないのか」

「へえ。万が一のときのことを示し合わせていましたが、奴は奉行所に行く途中も姿をみせなかった。裏切ったに違いねえ」

権蔵は顔を紅潮させた。

「丹蔵はどこにいる?」

竜太郎がきいた。

「奴はもともと高崎《たかさき》の人間です。盗んだ金を持って高崎に逃げたんじゃないでしようか」

「高崎か」

「高崎の博徒の観音《かんのん》の鉄五郎《てつごろう》という大親分がおります。あっしを裏切ったってことを言えば、丹蔵の居場所はわかると思います」

「観音の鉄五郎だな。よし、必ず、丹蔵を捕まえてやる」

竜太郎は勇んで立ち上がり、

「よし、連れて行け」

と、下男に命じた。

「青柳どの。わしはさっそく高崎へ行くつもりだ。先に失礼する」

竜太郎はあわただしく牢屋敷から出て行った。

「牢内を見せていただけませぬか」

剣一郎は鍵役同心に訊ねた。

「わかりました」

剣一郎は同心の案内で、外鞘内に入り、百足の権蔵が戻された無宿牢の前に立った。

右奥の壁際に高く積み上げられた畳の上に牢名主が座り、両脇に牢役人がそれぞれ一枚から数枚の畳の上に座り、その手前に平の囚人がひしめき合っていた。

「喜三郎はどこか」

剣一郎は大勢の中に喜三郎を捜した。

「権蔵が座っている隣にいます」

「あそこか」

昨日、奉行所から牢屋敷に戻ったときには周囲を睨めまわしていたが、あのときと印象は違った。どこか、弱々しい感じだ。外に出たときは虚勢を張っていたのかもしれない。だが、ふと向けた顔にはぞっとするような冷酷な印象があった。

しかし、観念している目だと思った。権蔵の言うように、弟分の助けを待っている者の目ではなかった。

次に、剣一郎は大牢に移り、役者崩れの音次郎を見た。色白のなよなよとした男で、思いつめた目で虚空を見つめている。が、ときおり、にやにやしだし、その後は泣きそうな顔になった。

周囲は無気味そうに音次郎を見ていた。

最後に、女牢に行った。女牢にも牢名主がいて、女囚たちの中に君臨していた。その中で、牢名主に次ぐ場所を占めているのが毒婦お熊だった。

名の恐ろしさとは違い、しとやかな感じの女だ。薄暗い牢内に、白いうなじが浮かび上がっている。

お熊から死への恐怖は伝わってこない。それが、助けを信じているせいか、胆が据わっているせいか、判断はつかなかった。

剣一郎は牢屋敷を出た。

牢屋敷から待乳山聖天にやってきた頃には日が陰《かげ》ってきた。

喜三郎の弟分の鎌太郎が音曲の師匠の家にいるかどうかわからないが、剣一郎はともかく捜してみようと思った。

付け火は鎌太郎ではない。その確証が欲しかった。

自身番に寄って、町内の音曲の師匠を訊ねた。そして、聖天町にある家を教えてもらって訪ねた。

格子戸を開けると、三味線《しゃみせん》の音が聞こえてきた。土間にある履物は女物の下駄だけ。弟子が来ている様子はなかった。

「ごめん」

剣一郎が声をかけると、三味線の音が止んで、はいという返事があった。

細身の女が出てきた。顔も首も細い。

「あら」

女は頰の青痣に気づいて声を上げた。

「青柳さまでいらっしゃいますか」

「さよう。ちょっとききたい」

「鎌太郎という男を知っているか」

「鎌太郎さんですか」

女の顔色が変わった。

「どうした？」

「鎌太郎さんに何かあったんですかえ」

「知っているんだな」

「ええ」

「どういう間柄だ？」

「弟子です」

微かに目をそむけた。

「弟子か」

「はい。へんな関係ではありません」

女はむきになって言う。

「鎌太郎はどこにいる？」

「最近、稽古《けいこ》に来ていません。どうしたのかと心配していました。鎌太郎さんに何か」

「いや。行方を捜しているだけだ」

「やっぱり、何かしたのですね」

「そんな気振りがあったのか」

「あのひとの兄貴分の喜三郎さんが辻強盗で捕まったんです。で、鎌太郎さんは喜三郎さんが稼いだ金をどこかに隠してあるはずだと、毎日のように深川方面を探していました」

「見つかっていないのだな」

「はい。まだのようです」

「鎌太郎の住まいは？」

女は返事を渋った。

「どうした？」

「ここです。いえ、二階に居候《いそうろう》を」

あわてて言う。

「まあよい。鎌太郎はいつからここに帰って来ていないのだ？」

「三日前です」

三日前から姿を晦《くら》ましていることが気になる。やはり、喜三郎を助けようとしたのか。喜三郎のためではない。金の隠し場所を聞き出すために助けようとしているのだろうか。

「深川に知り合いはいるのか」

「私にはわかりません」

「よし、わかった」

「青柳さま。鎌太郎さんの行方がわかったら教えてください」

女が頭を下げる。

「うむ。必ず、教えよう」

そう言い、音曲の師匠の家を辞去した。

表通りに出たとき、怒声が聞こえた。今戸橋《いまどばし》のほうだ。剣一郎は駆けた。

橋の袂の暗がりで、ふたりの影が揉み合っていた。ひとりが倒れた。匕首を構えた男が振りかざした。

「待て」

剣一郎が叫んで駆け寄った。

怒声に驚いて、笠をかぶり匕首を持った男が逃げ出した。細身の敏捷《びんしょう》そうな男だ。今戸橋を渡って山谷堀《さんやぼり》沿いを新鳥越町《しんとりごえちょう》のほうに走って行った。

「だいじょうぶか」

　剣一郎は倒れている男を助け起こした。

「おや、そなたは？」

「あっ、青柳さま。小伝馬町一丁目の斉太郎店に住む修次でございます」

「怪我は？」

「いえ、なんとも。かすり傷程度ですから。おかげで助かりました」

　通りがかった商人ふうの男に、

「すまぬが、自身番に知らせてくれ」

　と、頼んだ。

「今の男は何者だ？」

　剣一郎は修次にきく。

「わかりません。今戸橋の袂からいきなり出て来て、無言で襲ってきました」

「辻強盗ではないな」

「はい。金は要求されませんでした」

「では、そなたが狙いか。何か心当たりはあるか」

「いえ、まったくありません」

修次は懸命に否定した。

「こんなところに、なにをしにきていたのだ?」

「橋場にある『小町屋』の寮からの帰りです」

「『小町屋』の?」

「旦那に一度、寮を見てみろと言われましてね。ええ、麻吉兄貴を引き取るってことです。無下に出来ないので、見るだけは見ようと」

そこに岡っ引きがふたりの手下とともに駆けつけてきた。

「青柳さま。あっしは聖天の菊蔵《きくぞう》でございます」

この界隈を縄張りにしている岡っ引きだ。

「うむ。この者が賊に待ち伏せされた。賊は細身の敏捷そうな男だ。山谷堀沿いを新鳥越町のほうに逃げた」

「わかりました。逃げた男を見ている者もいるかもしれぬ。行け」

菊蔵は手下に追うように命じた。

手下は今戸橋を渡って新鳥越町のほうへ駆けた。

「この者は、小伝馬町一丁目の斉太郎店に住む飾り職人の修次だ」

「修次にございます」

修次は頭を下げる。

「じゃあ、自身番まで御足労願って少し話を聞かせてもらおう」

菊蔵が言う。

「へい」

「『小町屋』の寮はどの辺りにあるのだ？」

剣一郎は修次にきく。

「渡し場の近くです」

「よし」

剣一郎が『小町屋』の寮まで行こうとしたとき、今戸橋のほうから駕籠がやって来た。橋を渡ったところで駕籠が停まった。

「あっ、『小町屋』の旦那」

駕籠から小町屋が下りてきた。

「修次さん。いったい、何が？」

血相を変えて、小町屋が近寄ってきた。そして、剣一郎に気づくと、目を見開いて、

「青柳さま。何かあったのでございますか」

と、あわてたようにきいた。

「今、そなたの寮に行こうとしていたところだ。ちょうどよかった。じつは、修次が何者かに襲われた」

「………」

小町屋は言葉を失っている。

「襲撃の様子から、物取りではない。明らかに、命を狙ってのことだ。修次を狙ったのか、人違いかははっきりしないが、待ち伏せていたことを考えると、修次を狙ったと考えるのが妥当《だとう》であろう」

「して、賊は?」

「逃げた」

「青柳さまがいらっしゃらなかったら、あっしは殺されていたかもしれません」

「まさか」

小町屋は深刻そうに眉をひそめた。

「賊は、修次がここを通ることを知っていたのだ。そういう者に心当たりはあるか」

剣一郎は修次と小町屋にきいた。

「いえ、知っているのは長屋のひとだけです」

小町屋は答える。

「あっしも誰にも話してませんから」

「そうか。わかった。菊蔵、あとは頼んだ」

剣一郎はあとを菊蔵に託して引き上げた。

四

麻吉はまんじりともしない夜を明かした。いや、ときたまは寝入っていたが、すぐに目が覚めた。

ゆうべ、修次が帰って来たのは遅かった。聖天の菊蔵という親分の手下ふたりに付き添われて帰ってきた。

今戸橋で賊に襲われたという。たまたま青痣与力が通りかかって事なきを得たが、相手は殺すつもりだったという。

修次の死を願っていた麻吉だが、いざ、修次の身に危険が降りかかったと知り、複雑な気持ちだった。

麻吉の脳裏には、小町屋の言葉がこびりついている。

俺に代わって修次を殺ってくれる人間を捜してくれ。その麻吉の心を汲んだように「麻吉さん。わかった。なんとかしよう」と応じたのだ。

そして、修次を橋場の寮に呼んだ。あれは、修次を誘《おび》き出したのではないか。

小町屋の旦那が、ひとを雇って修次を襲わせた。そのことに間違いないような気がした。それは、とりもなおさず、俺の頼みを聞き入れてくれたということだ。

麻吉は体が震えた。望んでいたはずなのに、いざそのことに直面して狼狽《ろうばい》した。俺は小町屋までも巻き込んでしまったことになる。

改めて、己の罪業《ざいごう》に打ち震えた。

起き上がった。隣に、修次がいなかった。厠か。修次が起きたのも気づかなかったのは明け方には寝入っていたのか。

修次はどこに行ったのか。修次のいないことが気になった。

腰高障子が開いて、修次が入って来た。

「散歩だ」

修次は呟いた。

そんな呑気なことを言っている場合ではない。命を狙っている者が一度の失敗で諦《あきら》めないだろう。

「ぞくは、まだ、あきらめてない」

「わかっている。大家のところだ」

修次はめしの支度をはじめた。

正直に言うべきか。いや、小町屋の旦那に言おう。もう、いいと。

飯を食べ終えて、修次は仕事にかかった。だが、ときおり、手をとめて考え事をしている。

麻吉は小町屋がやって来るのを待った。

腰高障子が開いたので、麻吉ははっとして顔を向けると、現われたのは青痣与力だった。剣一郎は腰から刀を抜いて土間に入って来た。

「青柳さま。ゆうべは危《あや》ういところをありがとうございました」

修次が上り框に腰を下ろした。

「仕事の手を休めさせてしまうが」

「いえ、だいじょうぶでございます」

「昨夜もきいたが、そなたが橋場に行くことを知っていたのは誰と誰か、詳しく教えてもらいたい」

「へえ」

修次は頷いてから、

「『小町屋』の旦那から、橋場の寮に来てくれと言われたのはきのうの昼前、ここでです。そんときにいたのはおふでさんと麻吉兄貴です」

自分の名が出て、麻吉ははっとした。疚《やま》しい気持ちを隠すように、麻吉は俯いた。

「すると、ここからではないな」

剣一郎が言ったのは、修次が橋場に行ったことが賊に漏《も》れたことを指しているのだ。さすがの青痣与力も、まさか小町屋自身の策略だとは想像も出来ないようだ。

しかし、これで賊は小町屋が雇った男だということがはっきりした。そして、小町屋をそそのかしたのは俺なのだと、麻吉は胸を痛くした。

「修次。そなた、ひとから恨まれる覚えはないか。自分では気づかぬうちに、恨まれていることもあるかもしれぬ。どうだ?」

「へえ。あっしはこんな人間です。気づかぬうちに、ひとを傷つけていることもあるかもしれません。でも、あっしには思い当たることはありません」

「そうか。ところで、昨夜の賊だが、揉み合ったとき、何か気づいたことはなかったか」

「いえ、夢中でしたし、ほとんど覚えていません」

「よく考えてみろ」

「へえ」

修次は袖をさすった。

だが、やがて首を横に振った。

「だめか」

「すみません」

「いや。賊は終始無言だったそうだな」

「そうです。無気味なほど無言で襲ってきました」

「そなたの名前も確かめていない。つまり、そなたの顔を知っていたのだ。どこかで、そなたを見ている」

「そう言えば」

修次が顔を上げた。

「賊が顔をちかづけたとき、一瞬、どこかで見たことのある目だと思いました」

「見たことがある？」

「へえ。でも、どこで見たかはまったく思いだせません」

「いや、それは大きな手掛かりかもしれぬ」

剣一郎が頷く。

麻吉は脅《おび》えた。もしかしたら、賊は『小町屋』の雇人の中にいるのかもしれない。それなら、修次に見覚えがあることも頷ける。

俺のために『小町屋』の旦那に迷惑をかけてはならない。そうだ、自分がもう不自由な体なのだと認めなければならない。

おくみに未練を持っていても、どうしようもないのだ。諦めるのだ。修次がおくみの婿になろうが、おくみや親方が決めたのなら仕方ない。そう思うべきだ。

俺は修次が許せず、修次を殺すことが出来るぐらいになろうと手足の回復を図った。その執念《しゅうねん》から少しは手足が動くようになったが、殺しが出来るようになるまでにはならない。

もう、無理だ。自分の限界を知るべきだ。

そのことに気づいた小町屋は俺のために自分の手を汚そうとしたのだ。俺があんなことを頼みさえしなければ……。

「麻吉」

いきなり、青痣与力に声をかけられて、麻吉ははっとした。

「そなた、さっきから苦しそうにため息をついているが、どうかしたのか」

「えっ？」

麻吉はうろたえた。自分ではまったく気づいていなかった。

「なんでも、ありません」

「そうか」

麻吉は目をそらした。

「修次」

剣一郎は再び、修次に顔を向けた。

「『小町屋』の寮を見て来て、どうだったのだ？」

「へえ」

修次は顎《あご》に手をやってから、

「そりゃ、部屋は広いし、きれいだし、庭もあります。のんびり、静かに暮らせるでしょう。でも……」

「でも、なんだ？」

「いえ」

何か言いかけて、修次は声を呑んだ。

麻吉は身を乗り出し、

「おれは、こまちや、の、りょうに、いく」

と、口にした。

「なんだって、『小町屋』の寮に行く？」

修次が目を剝《む》き、

「ここを出て行くと言うのか」

と、声を震わせた。

「でていく」

「ばかな」

修次が吐き捨てた。

「おやかたと、おくみさん、には、おれから、はなす。しんぱい、するな」

「あんなところに行ったって……」

修次はあとの言葉を呑んだ。

「だから、こまちや、の、だんなを、よんで、くれ」

「待て、この長屋のひとたちの考えも聞いてから決めれば……」

修次は苦い顔をして、

「親方にも相談しねえと」

と、呟くように言った。

「麻吉、なぜ、そう決心したのだ？」

剣一郎は訝《いぶか》しげにきく。

「こまちやの、だんな、の、こういに、すなおに、したがいたい」

麻吉はたどたどしく言う。

「あの旦那はやさしいお方だ。当面は兄貴の面倒を見てくれるだろう。だが、それがいつまでも続くとは思えねえ。所詮、あの旦那と兄貴は他人だ」

修次が不満げにいう。修次にとっちゃ、俺は大事な人質《ひとじち》だからだ。だが、もうそんなことはどうでもいい。

「しんぱい、いらねえ。おれはそんなに、ながいきできる、とはおもっちゃいねえ」

「麻吉。何があったのだ？」

　剣一郎が不審そうにきいた。

「そなたの目には怒りや悲しみ、苦しみなどが入り混じった強い光があった。だが、今はそなたの目は静かだ。なぜ、そんなに気持ちが変わったのだ？」

「つかれました」

「疲れた？」

「あるける、ようになりたい、てをじゆうに、うごかしたい、ちゃんと、しゃべれる、ようになりたい。そうおもって、がんばって、きました」

「そうだ。ずいぶん、頑張ったのではないか。言葉もずいぶん滑《なめ》らかに、明瞭になってきた」

「よくなったとじぶん、でもおもいます。でも、げんかいです。これいじょう、がんばっても、よくなりません」

　頑張ったのは修次を殺し、自分も死ぬためだ。そのために、体の苦痛を堪えて歩く訓練をしてきた。

　しかし、修次を殺せるようになるまではまだ時間がかかる。だから、小町屋に泣きついた。

小町屋はほんとうにやってくれたのだ。仏の沢治郎と呼ばれた男が俺のために殺し屋を雇った。激しい心の葛藤《かっとう》の末《すえ》の考えだっただろう。それほど、修次を許せないと思ったに違いない。

このままでは、また修次を襲うだろう。修次は憎い。俺からすれば忘恩《ぼうおん》の徒《と》だ。そんな男がおくみの婿になるのは堪えられない。

だが、もういい。俺の生きる道はもう途絶えたも同然だ。そんな俺がこれからも生きて行く者の行く手を邪魔することは許されない。

それに、小町屋の手を汚させてはだめだ。これからも、小町屋には多くの困ったひとたちを助けてもらわなければならない。そんな男の手が殺しで汚れていてはだめだ。

「これからは、こまちやの、だんなの、せわで、いきていきます」

「冗談じゃねえ。そんな勝手をされちゃこちとらが困る。俺がおくみさんと祝言を挙げるまで待て」

修次が怒鳴るように言った。

「しゅうじ、もう、おれはかんけいねえ。おやかた、だって、もうおれのことなど、きにしちゃいねえ」

「そんなことあるものか」

「修次」

剣一郎が口をはさんだ。

「麻吉は本気だ。麻吉の思い通りにさせてやることが大事だ」

「青柳さま」

修次が何かを言いかけた。

「ともかく、あとで親方のところに行ってきやす」

修次は憤然と言う。

「麻吉。そなたは、小町屋のところで仕合わせになれると思うか」

剣一郎がきく。

「いえ、しあわせは、のぞみません」

「望まない？」

「はい。ただ、こまちやのだんな、のところで、しばらく、やっかいになったら、どこか、やまおくの、てらに、あずけてもらえたらとおもいます」

「山奥の寺？」

「そこを、ついのすみかに」

「山奥の寺を終《つい》の住処《すみか》にか」

剣一郎が眉根を寄せた。そして、静かにきいた。

「小町屋はずいぶんそなたに思い入れがあるようだが、なぜ、小町屋はそこまでするのだ。まるで、そなたにかける情は肉親のようだ」

「はい。あっしのつくったかんざしを、きにいってくださいました。あっしのうでをかってくださっていました。それだけの、えんでも、あっしをたいせつに……」

麻吉はさらに続けた。

「それと、こまちや、さんにしなものをおさめにいって、かえってから、たおれたので、そのことも、きにしているのかも、しれません」

「そうか。倒れる前は『小町屋』に行っていたのか」

「はい。でも、自分では、たおれた日のことはおぼえていません」

「そうか。そのことでも小町屋は気にしているのか」

剣一郎は呟いた。

「親方がなんというか」

まだ、修次は『小町屋』に移ることに難色を示している。

「しゅうじ、しんぱいするな。おれから、おくみさんとのこと、おやかたに、たのんでやる。りっぱに、おやかたのあと、をついでくれ」

「…………」

修次は口を半開きにした。

「最後は麻吉が決めることだ」

剣一郎はそう言ったあとで、

「麻吉。そなたがうらやましい」

と、意外な言葉をくちにした。

「うらやましい、ですって」

麻吉はきき返した。

「思うに、そなたは病に倒れたあと、己の不運を嘆《なげ》き、周囲に怒りや恨みをぶつけてきた。修羅を燃やし続けた日々だったのではないか。だが、そなたはいま、何かを悟《さと》った。己の欲望、嫉妬、怨嗟《えんさ》、自暴自棄《じぼうじき》などの醜《みにく》い気持ちを一切消し去った。だから、山奥の寺に入るという考えも生まれたのだ。それは、あたかも高僧が悟りを開いたことに匹敵するかもしれない」

「とんでも、ない。あっしは、そんなんじゃありません」

「何がきっかけかはわからぬが、いまのそなたはひととしての高みに到達したようだ。世の不条理を受け入れ、ひとを恨まず、かえって慈悲《じひ》で接する。ひととして、そのような心持ちになれたそなたがうらやましいのだ」

「あおやぎさま。もったいない……」

　俺は修次を憎み、殺そうとした人間だ。さらに、仏のような小町屋をひと殺しにさせてしまうところだった。俺はそんな立派な人間じゃありません、と麻吉はうなだれた。

「そなたは、じつの暮らしの中で大事なものをたくさん失う羽目になったかもしれない。飾り職人としての名声も、好きな女も……。だが、代わりに得たものは大きい。誰もが望んでもなかなか得られぬものを手にした。ひとはかくあるべきだという最善の姿に、そなたは近付いたのだ。その心持ちがあれば、どこででも立派に生き、暮らしていけるであろう」

「あおやぎさまのおことば。あっしにとって、なによりでございます」

　いまになって、改めて周囲のひとたちのやさしさに思い至った。青痣与力の言うように、失ったものだけでなく、得たものは大きかった。

　そういう意味では俺は仕合わせ者かもしれなかった。

昼過ぎに、修次は親方のところに出かけた。

その隙《すき》をねらったように、おふでと大家がいっしょにやって来た。

「麻吉さん。さっきの話し声が聞こえていたんだけど、『小町屋』さんの寮に行くことにしたのかえ」

おふでがきく。

「へえ、そうさせていただこうとおもいます」

「麻吉さんがいなくなるのは寂《さび》しいけど、修次さんといっしょにいるよりはそのほうがいいわね」

おふでが言う。

「そうだ。修次があんな男でなかったら、長屋のみなでおまえさんの面倒を見てやれたのだがな」

大家が口惜しそうに言い、

「だが、『小町屋』さんの寮なら、のびのびと暮らせるかもしれないな」

「でも、麻吉さんがいなくなるのは寂しいわ」

また、おふでがしんみり言う。

「うむ。だが、麻吉にとっては仏のような小町屋さんの世話になるのが一番かもしれぬ」

「ありがてえ」

麻吉は涙ぐんだ。

「みなさんのしんせつは、けっして、わすれません」

「何を言うのだ。この長屋に暮らす者はみな家族のようなものだ」

「あっしもここがきにいってます。でも、あっしはあたらしいいきかたをみつけたいんです」

こんな体になって仕事も出来ない。ひとりじゃ生きていけない体になった。それでも、精一杯生きていく。

「小町屋さんはずっと面倒を見てくれるのかしら。もし、小町屋さんに何かあったら、居づらくなってしまうんじゃないかね」

おふでが心配する。

「なあに、小町屋さんだってそんな歳ではない。まだまだだいじょうぶだ」

「あっしはそんなに、ながくいるつもりは、ありません。やまおくのおてらに、せわしてもらおうとおもっています」

「お寺ですって」

戸が開いた。

「あっ、小町屋さん」

大家が言い、おふでが小町屋のために土間の場所を空けた。

「何かございましたか」

小町屋が厳しい顔できいた。

「いえね、麻吉さんが旦那の世話になると言うんで」

おふでが言うと、小町屋の表情が一変した。

「ほんとうですか」

「ええ、いま、本人からも聞きました」

大家が答える。

「麻吉さん、来てくれるのですか」

小町屋が麻吉に顔を向けた。

「おことばに、あまえさせていただきます」

「そうですか。よかった」

「ですから、あのけんは、もうなしに……」

「あの件？」

小町屋は微かに眉根を寄せたが、

「わかりました。心配はいりません」

と、応じた。

「さっそく、受け入れの支度をさせます」

小町屋は勇んで出て行った。

「小町屋さんもあんなに喜んでいなさる。これでよかったのかもしれない」

大家が安堵したように言う。

「へえ、ありがたいことです」

麻吉はしみじみと言う。

きっと修次は親方を連れてくるだろう。そしたら、麻吉ははっきり親方に言うつもりだった。

修次とおくみさんをいっしょにさせてやって欲しいと。それが、『彫森』にとっても一番いいのだ。

もう妬《ねた》みもなかった。修次だって、なんだかんだと言いながら、食事の世話もしてくれた。なにより、狭い部屋に他人が同居するのをいやがらなかった。おくみとのことがあるので、我慢をしていたにしろ、なかなか出来ることではないのだ。

その点では、修次にも感謝をしなければならない。青痣与力の言うように、自分は新しい世界に足を踏み出したのだと思った。

五

その夜、夕餉のあと、剣之助と居間で差し向かいになった。

庭で虫が鳴いている。

「孝太郎のやりなおしの詮議がきょうからはじまりました」

剣之助が切り出した。

「孝太郎は改めて、『相馬屋』の主人を殺していないことを訴え、孝助の身代わりになったと話しました。その上で、孝助を呼んだところ、自分も『相馬屋』に押し入っていないと申し立てました」

「うむ」

「きょうは、さらに『相馬屋』の内儀おようを取り調べましたが、おようは重助という男から孝助が『相馬屋』の裏口から出て行くのを見たと聞き、その通りのことを孝太郎に話したと述べています」

「重助については何と述べているのだ？」

「通夜の晩にやってきて、下手人を見たと教えてくれたと言うだけで、どこの人間かは知らないという答えでした」

重助は酔っぱらって、裏通りに入り、『相馬屋』の裏口近くの暗がりで寝込んでしまった。目を覚ましたとき、裏口から孝助が飛びだしてきた。賭場で何度か見かけたことがあるので、すぐわかった。そう重助から聞いたと、おようは話したという。

「重助がどこに住んでいるのかわからないというのだな」

「はい。いま、捜させていますが、まず見つからないだろうと、橋尾さまが仰っていました」

そうだろうと思った。

重助は出鱈目《でたらめ》の名だ。ひょっとしたら、重助こそ、相馬屋を殺した真の下手人かもしれない。

「で、見通しは？」

「孝太郎がやったのではないという証がありませぬ。橋尾さまも、なんとか孝太郎に有利な材料を見つけようとしていますが、かなり難しい雰囲気です。このままでは、助かりたいがために孝太郎が嘘を言い出したと考えるほうが……」

「やはり、真の下手人を見つけるしかないか」

真の下手人は孝助の長屋に十両を投げ込んだ。孝太郎に罪をかぶせるためだ。そのような細工が出来るのは、孝太郎の近くにいる人間だ。

内儀のおように疑いを向けているが、確かな証があるわけではなく、迂闊《うかつ》な真似は出来なかった。

おようはまだ若く、情夫がいてもおかしくない。いや、あのような妖艶《ようえん》な雰囲気は情夫がいることを物語っている。

もちろん、それは剣一郎の勝手な当て推量に過ぎない。だから、大っぴらには口に出せず、ひそかに文七に探索を命じているのだ。

文七からは何も言って来ない。おようは用心深く、自重しているようだ。

ふと、離れのほうから、剣之助の嫁の志乃と娘のるいの笑い声が風に乗って聞こえてきた。

「ほんとうに、あのふたりは仲がよい」

「はい。実の姉妹《しまい》のようで、私も中に入れないことがございます」

剣之助は苦笑し、

「早く、るいには嫁に行ってもらったほうが私としては助かりますが……」

「るいはどうなのだ？」

「さあ、いろいろな話が来ているようですよ」

「うむ」

剣一郎は複雑な気持ちになった。

嫁にやるのはつらいが、かといってこのままでいるわけにはいかない。しかし、るいにふさわしい男がそう簡単に見つかるとも思えない。

もっともそれは剣一郎の尺度であって、るいにはすでに心に決めた男がいるかもしれなかった。

剣之助が引き上げ、剣一郎は麻吉のことを考えた。

麻吉から激しい怒りや恨みが消えていた。あの怒りは自分の生き方を狂わせた運命に向けられていたのか、それとも具体的なある人物に向けられていたのか。

剣一郎は両方だと思っていた。そして、ある人物とは修次であろう。自分に代わって、親方の娘の婿になるであろう修次に対して特別な感情を持っていたのではないか。

しかし、麻吉から炎のような激しい感情が消えていた。麻吉は何かをきっかけに自分を縛っているものから解き放たれたのだ。

麻吉の心には誰もが抱えている醜い部分が消え、他人へのおもいやりややさしさなどの美しいものだけが残っている。ひょっとしたら、いまの麻吉は人間の究極の美しさを体現しているのではないか。

そう思わせる崇高《すうこう》さが感じられた。

麻吉は何かを乗り越えたのだ。長屋の路地を這いつくばっていた姿を思いだし、剣一郎はほっとしていた。


ふつか後、辻強盗の喜三郎が引き回しの上に死罪になることになり、その日の朝早く、引き回しの一行は小伝馬町の牢屋敷裏門を出発した。

一行は引き回しの順路に従い、八丁堀の組屋敷にもやって来た。組屋敷の中を素通りしていくのだ。

剣一郎も路上で、一行を待ち構えた。やがて、六尺棒を持った先払い、罪状を書いた幟《のぼり》を持った者などに続いて、裸馬に乗せられた喜三郎がやってきた。

喜三郎を見る。脅えたような目をおちつかなさげにきょろきょろ動かしていた。奉行所の前よりも牢内で見たときのほうが、さらにはいまのほうが喜三郎は憔悴していた。虚勢を張る余裕もないようだった。

「青柳さま」

京之進が近づいてきた。

「やはり、鎌太郎は動きませんでした。付け火犯は他にいるのですね」

喜三郎を助けるためならきのうまでにやらねばならなかった。もっとも怪しいと思われた百足の権蔵と喜三郎ではなかった。

「うむ。残るは音次郎とお熊の線か」

両者がつるんでいることは十分に考えられた。

音次郎にはおくにという後家がおり、お熊には定吉、富蔵、裕太郎の三人の情夫がいる。みな、色恋絡みだ。

かえって、色恋絡みのほうが始末は悪いかもしれない。

「はい。見張りをつけていますが、いまのところ、動きはありません。引き続き、警戒をします」

ただ、剣一郎は気になることがあった。先日の大風の夜のことだ。付け火の気配はなかった。

　厳しい警戒に恐れをなしたのだろうか。

「鎌太郎は喜三郎が隠した金を探しているらしいから、嘘の話を流せばひっかかるかもしれぬな」

「嘘の話？」

「そうだ。牢屋敷で喜三郎といっしょだった男を用意するのだ。その男に深川一帯を歩き回らせる。喜三郎から盗んだ金の在《あ》り処《か》を聞いたことにしてな」

「なるほど」

「誰か、うってつけの男はいないか」

「その手の男には不自由しません」

　京之進は会心の笑みを浮かべた。

　引き回しの一行を見送ってから、剣一郎は小伝馬町一丁目の長屋に急いだ。

　夕方に引き回しの一行は牢屋敷に戻り、そのあとで喜三郎は処刑されるのだ。

　人の世の儚《はかな》さを思いながら長屋にやってくると、木戸の前に駕籠が二挺《ちょう》待っていた。小町屋の迎えだ。

　剣一郎は木戸を入る。ちょうど、麻吉が杖をつき、足を引きずりながらゆっくりゆっくり歩いてくるところだった。

麻吉の後ろに修次とおくみ、それに親方の森蔵がいた。さらに、長屋の住人も見送りに出ていた。

「あおやぎさま」

麻吉が立ち止まった。

「行くのか」

「はい。あおやぎさまのおことば、ありがたくちょうだいしてまいります」

「達者でな」

「はい」

再び、麻吉は歩きだす。

「修次」

近付いてきた修次に声をかける。

「親方も許してくれたのか」

「はい」

修次は寂しそうな目をした。

「麻吉はよくあそこまで回復した。そなたのおかげだ」

「青柳さま」

修次は驚いたような目を向けた。

「やはり、そうだったのか」

「いえ。失礼します」

修次はあいまいに言い、麻吉のあとを追った。

「そなたたちは知っていたのか」

剣一郎はおくみと親方に確かめた。

「なにをでございますか」

親方が困惑の体できく。

「修次の気持ちを知っていて、修次に話を合わせていたのか」

「まさか、青柳さまは……」

おくみはあとの声を呑んだ。

「やはり、そうであったか」

「失礼します」

おくみと親方は修次と麻吉を追いかけた。

「青柳さま」

大家が声をかけた。

「麻吉さんは親方におくみさんと修次をいっしょにさせてやってくれと頼んだそうです」

大家の言葉を、おふでが引き取った。

「修次さんには所帯をもとうとくどいた呑み屋の女がいるんです。麻吉さんは、そのことを知っていたのに……」

「修次は……」

剣一郎は言いさした。

「かつては自分の女房になるはずだった女を修次に託すなんて、麻吉の気持ちを考えたらいたたまれなくなります。どんな思いで、口にしたのか……」

大家は目を瞑《つむ》り、やりきれないように言った。

「麻吉は心より言ったのだ」

剣一郎はようやく木戸口まで辿り着いた麻吉を見つめた。

「心よりですか」

「そうだ。麻吉は我らのような凡夫の世界を乗り越え、もっと高みの心境に達したのだ。地獄を見たことで、麻吉はもっとも高潔な心持ちに達した」

「…………」

「そなたが考えているほど、麻吉に苦悩はない。かえって、いまの自分を喜んでいるはずだ」

「そうなんですか」

「そろそろ、出立するようだ」

麻吉が駕籠に乗りこんだ。

剣一郎も木戸の外に出て、大家やおふでとともに見送った。

「では」

小町屋があいさつをし、駕籠に乗りこんだ。

修次が悄然と見送っている。後ろ姿が泣いているように思えた。

第四章　報恩

一

その日の朝、小伝馬町の牢屋敷から取り調べのために奉行所に向かう囚人が数珠つなぎになって表門を出てきた。

一行の後ろのほうに、色白のなよなよとした感じの男が泣きそうな顔でついて行く。役者崩れの音次郎だ。

そして、音次郎に熱い視線を送っている女がいた。二十八歳ぐらいの大柄な女だ。元浜町にある茶問屋の女主人おくにである。三年前に亭主が亡くなってから音次郎に夢中になった。

囚人の一行とともに、おくには歩きだした。両手を胸の前で合わせ、おくには思いつめた目で音次郎のあとを追う。

ふいに、おくには駆け足になったが、急に立ち止まった。

剣一郎は近づき、声をかけた。

「おくにか」

おくにははっとしたように顔を向けた。

「あなたさまは……」

「うむ。音次郎が忘れられぬか」

剣一郎は遠ざかって行く一行を見送って言う。

「お恥ずかしいところを見られて……」

おくには大きな目を伏せた。

「いや。そなたの一途な思いを音次郎は知っているのか」

「いいえ、一度も私の方に目を向けてくれません。私のことなど、覚えていないようです」

「それでも、いつもここに来ているのか」

「はい」

「帰るのであろう、歩きながら話そう」

浜町堀に向かって歩きだした。

「音次郎は何人もの女とつきあい、金を貢がせていた。そのことを知らなかったのか」

「知っていました。でも、音次郎さんは私と会っているときは、この世に私ひとりしかいないという態度で接してくれるのです。他の女のひとにもそうやって接するのでしょうけど、私が支えてやらねばと思ってしまうのです」

おくには自嘲ぎみに言う。

「音次郎は何人かの女を殺している。死罪は免れぬだろう」

「はい。覚悟はしています」

「助け出せるものなら助けたいと思うか」

「いえ。音次郎さんはもう死んでいます」

「死んでいる？」

「はい。あの囚人の中にいる音次郎さんはいまにも泣きだしそうな弱虫です。私の前で、傲岸《ごうがん》に構えていた男とは別人です。私は興ざめしています」

「興ざめ？」

意外な言葉に、剣一郎はきき返す。

「はい。私の魂《たましい》を揺り動かした音次郎さんはもういません。ただ、情けない男がいるだけです」

「では、なぜ？」

「自分でもわかりません」

浜町堀に出た。

「おくに。そなた、袂に何か隠しておるな」

剣一郎が鋭く言うと、おくには顔色を変えて身をすくませた。

「匕首であろう。なぜ、匕首を持っているのだ？」

おくにはよろけるように堀端に向かった。

「音次郎を殺すつもりで毎回、待ち伏せていたのか」

長い間を置いてから、

「はい」

と、おくには答えた。

「音次郎さんは女々《めめ》しい男です。死罪に堪えられません。醜い死にざまを見せるに違いありません。可哀そうです」

「だから、そなたは自分の手で？」

「はい。そのために、いつも牢屋敷の前で待っていました。でも、いざとなると、体が動きません」

おくには嗚咽《おえつ》をもらし、

「もし、一目でも私を見てくれたら、私はためらわず踏み込んで行ったと思います。でも、あのひとは私に気づきさえもしませんでした。気持ちに余裕がないのでしょうか。情けない男です」

「残念だが、護衛の者がついており、そなたの狙いどおりにはならない。すぐ、取り押さえられる。そして、そなたも罪になる」

「はい、わかっております」

「そなたには店があろう。奉公人もおろう。みなを路頭に迷わせてもいいのか」

「…………」

うっと顔を両手で覆《おお》い、おくにはしゃがみこんだ。

「おくに、音次郎のことは忘れるのだ。それに、音次郎はそんな弱い男ではない。もっとしたたかだ。いざとなれば、堂々と死んで行く」

「そうでしょうか」

「そうだ。役者崩れだけあって、奴は芝居をしている。わざと、弱々しさを演じ、同情を誘おうとしている。死ぬときも、一世一代の芝居をし、美しく死んでいくに違いない」

「…………」

「そんな音次郎を相手にしてはだめだ」

「わかりました」

「亭主殺しで捕まったお熊を知っているか」

「はい。奉行所に連れて行かれる囚人の中にきれいな女のひとがいました」

「お熊だ。お熊に三人の情夫がいる。定吉、富蔵、裕太郎の三人だ。このうちの誰かと会ったことがあるか」

「いえ、知りません」

「お熊の知り合いが訪ねてきたことはあったか」

「いえ、ありません。その三人が何か」

「なんでもない。知らなければ、それでいい。おくに、いいな、ばかなことを考えるな。よいな」

「はい。わかりました」

「亭主が残してくれた店を守っていくのが、そなたの役目。つらかろうが、音次郎のことを忘れるんだ」

「はい」

おくにははっきりと返事をした。

剣一郎の前だから、心にもない返事をしたわけではない。おくにの表情に嘘はないと思った。

おくにと別れ、剣一郎は新大橋を渡り、佐賀町にある鼻緒問屋『相馬屋』に行った。

手代に内儀へ取り次いでもらうと、客間に通された。待つほどのこともなく、内儀のおようが現われた。

差し向かいになった早々、おようはため息混じりに言う。

「また、お奉行所に呼ばれるようになるとは思いませんでした」

孝太郎の詮議のやり直しで、おようも改めて事情を聞かれた。そのことを、こぼしているようだ。

「そのことだが、孝太郎は孝助の仕業だと思い込んで身代わりになった。なぜ、孝助の仕業だと思い込んだのか」

剣一郎はおようの憂いを含んだような目を見つめた。

「重助というひとが孝助さんを見ていたんです」

「そうだ。重助だ。重助は嘘をそなたに告げたのだ」

「…………」

「なぜ、重助が嘘をついたのか」

「さあ」

「それも、そなたに告げた。なぜ、そなたに告げたのか」

「私が内儀だからだと思います」

「重助は孝助を罠にはめようとしたのか、孝太郎を貶めようとしたのか。それとも、相馬屋を殺すことが目的で、下手人に仕立てるのはどっちでもよかったのか」

おようはさりげなく目をそらした。

今朝、屋敷に文七がやってきた。おようの相手の男がまだわからないということだった。およう は何度か夜に外出した。

いつも小名木川沿いにある船宿から船で大川に繰り出した。あとで、その船宿の船頭に確かめると、行き先は柳橋の船宿だった。

だが、およう はそこからまた別の場所に移動している。細心の注意を払っている。男に会いに行っているらしいが、いまだに相手の男はわからないということだった。

「そなたは、孝太郎が身代わりだということは知っていたのだな」

「はい」

「なぜ、身代わりを許したのか」

「孝太郎さんの気持ちを　慮《おもんぱか》って」

「では、下手人は孝助だと思っていたのか」

「はい」

「今はどうだ？」

「わかりません」

「わからない？」

「はい。私にはほんとうのことはわかりません」

「しかし、孝助の仕業だというのは重助の言葉だけだ。その重助はどこの誰かもわからぬ。妙な話だとは思わぬか」

「はい。でも、お店にはいろいろなひとが出入りをしていますから」

「なぜ、その後、重助は現われない？」

「もしかしたら、江戸にいられない事情でも出来たのかも」

「それは、重助が真の下手人ということか」

「いえ、そういうわけではありませんが」

およう はあわてて言う。

「いや、それは十分に考えられる」

「はい」

「どのような顔だちだった?」

「丸顔の小肥りの男でした。眉尻が下がって、目も細かったようです」

もし、おようが絡んでいるとしたら、まったくの出鱈目を言うはずだ。おようの言う特徴の男を捜しても、見つかることはない。現に、いま奉行所で重助を捜しているが、いまだに見つけ出せない。

「真の下手人を見つけ出すことは大事だが、その前に孝太郎を助け出したい。だが、孝助に疑いがかかっては意味がない。重助の顔を見ているのはそなただけだ。ふたりのために手を貸してもらいたい」

「はい。及ばずながら、お力になります」

「頼んだ」

剣一郎は立ち上がった。

剣一郎は再び、新大橋を渡った。

橋の真ん中で、京之進に会った。

「どうした？」

「鎌太郎らしき男が接触してきたと、作蔵《さくぞう》から知らせがありました」

作蔵は京之進が手なずけている遊び人で、喜三郎の隠し金を探している牢帰りの男を装わせている。

「もう手応えがあったのか」

「はい。作蔵は門前仲町《もんぜんなかちょう》界隈で、喜三郎の情婦おくまを知らないかと、あっちこちできいてまわっていました。それが、すぐに鎌太郎の耳に入ったようです」

「おくまとは、ひょっとして毒婦お熊から借りたか」

剣一郎は苦笑してきく。

「はい。そんな情婦はいないのですから、勝手に作りました」

「そうか。そうそう、おくにには違った」

剣一郎はおくにに会ったことを話した。

「そうすると、あとはお熊絡みの三人だけですね」

「そうだ。定吉、富蔵、裕太郎だ」

「この三人には見張りをつけてあります。異様な動きをすれば、すぐ知らせが来るようになっています」

「よし。その三人は京之進に任せた」

「はい」

京之進と別れ、剣一郎は新大橋を渡り、小伝馬町一丁目にやって来た。長屋木戸を入ると、おふでが出て来たのに出会った。

「青柳さま」

おふでは頭を下げた。

「どうした、元気がないようだが」

「はい。麻吉さんがいなくなって、なんだか気が抜けてしまったようで」

「そうか。みなによくしてもらい、麻吉は仕合わせ者だったな」

「いいえ、こっちが勇気を与えられていたんですよ。ですから、いなくなって、寂しいったらないいんです」

「わかるぞ」

剣一郎が応じると、おふではにやりと笑った。

「なんだかんだといっても、修次さんだって寂しいんでしょうね。ずいぶんおとなしいですよ」

「そうだろうな」

「でも、為五郎さんが近々、良沢先生のところから戻って来るそうです」

「そうか。では、また賑《にぎ》やかになるではないか」

「はい」

剣一郎はおふでと別れ、修次の住まいに行った。

腰高障子を開けると、文机に向かって修次はぼうっとしていた。

剣一郎が声をかけるまで、気づかなかったようだ。

「あっ、青柳さま」

修次はあわてた。

「どうした？　考え事をしていたようだな」

「へえ、いいえ、たいしたことではありません」

「麻吉のことではないのか」

「へえ」

「おふでも元気がなかった」

「そうみたいですね。さっきも大家さんがやって来てぼやいていました」

「そろそろ、為五郎が帰って来るのではないのか」

「ええ、もう、だいぶ傷も癒《い》えたようです」

「ところで、そなたを襲った賊のことだが」

剣一郎は切り出した。

「へい」

「その後は、何かそれらしいことはあったか」

「いえ、ありません。もしかしたら、ひと違いだったのかもしれません」

「相手は無言で襲って来たと言ったな」

「はい」

「そなたは、『小町屋』の寮からの帰りだったな」

「はい」

「その日の昼間に誘われたということだったが、なぜ、小町屋はそなたに寮を見せる必要があったのだ?」

「あっしが寮に移るのを反対していたので、麻吉兄貴にとって住み心地がいいことを見せたかったのかもしれません」

「で、どうだったのだ？　寮を見て、麻吉を住まわせたいと思ったのか」

「いいえ、思いません。そりゃ、広々として部屋もきれいだし、庭もある。でも、それだけじゃありませんから。だから兄貴が移ると口にしたときはびっくりしました」

修次は眉間に皺《しわ》を寄せ、苦しそうに言った。

「麻吉は変わった。諦めとも違う。悟りだ。それほどの変化を与える何かがあったのだ。それは、そなたが襲われたことと無関係ではないかもしれない」

「どういうことですかえ」

「うむ」

剣一郎はあえて口にせず、

「麻吉は倒れる前、『小町屋』に行っていたということだったな」

「はい。小町屋さんから名指しで仕事を請け、簪の飾りを彫り終え、それを届けに行きました。そこから帰ってきて、いきなり倒れたんです」

「そのときの麻吉の様子は？」

「へえ。土間に入ってきたときから様子は普通じゃありませんでした。たぶん、そのときは具合がかなり悪かったんだと思います。そのあとで、小町屋さんが駆けつけてきましたから」

「小町屋が駆けつけてきた?」

「はい。小町屋さんと会っているときから、麻吉兄貴の様子がおかしかったそうです。それで、引き上げたあとも気になって来てくれたんです。心配が的中して、小町屋さんも驚いていました」

「麻吉は倒れた前後のことをまったく覚えていないということだったが?」

「そうです。覚えていませんでした」

「『小町屋』に行ったことも覚えていなかったのか」

「はい。そこからどうやって帰って来たのかもまったく忘れてしまっていました」

「そうか、覚えていないのか」

「青柳さま、何か」

修次は不審そうにきく。

「いや。それより、襲った賊だが、また会えば、姿形からわかるか」

「さあ、自信はありません」

「それは当然だ」

「あっ」

突然、修次が何かを思いだしたように声を上げた。

「賊と揉み合ったとき、相手の手から微かに何か辛《から》いような匂いを感じました。一瞬でした」

「辛いような匂い？」

「お香かもしれません」

「賊は香を炷《た》いていたというのか。もしかしたら、匂い袋か」

剣一郎は大きな手掛かりかもしれないと思った。

修次と別れてから、ふと思いついて、小伝馬町二丁目にある井村良沢のところに寄り、為五郎と会った。

為五郎は寝床で起き上がっていた。

「もう帰れるようになったそうだな」

「はい、おかげさまで」

「その後、まだ、そなたを刺した男は見つからない」

「そうですか」

「ちょっとききたいが、賊に刺されたとき、何か相手から匂いを感じなかったか」

「匂いですか……」

為五郎は真剣な顔つきで考えていたが、

「そういえば、相手の手が鼻に当たったとき、何か匂いがしました。どんな匂いだったか、覚えていませんが」

「したか」

剣一郎は厳しい顔つきになった。

その夜、剣一郎は妻女の多恵に匂いのことをきいた。

「辛いような匂いですか」

多恵は確かめる。

「いや、それは受け手の感じ方で、じっさいは違うかもしれないが」

多恵は聞香《ききこう》にも造詣《ぞうけい》が深く、若い頃には聞香の会にも顔を出していた。与力の妻になり、来客の相手をしなければならず、なかなか思うように時間はとれないようだが、屋敷の中に麝香《じやこう》や白檀《びやくだん》などの香りが漂《ただよ》っている。

「それは匂い袋ではありませんね。塗香《ずこう》です」

「塗香？」

「神社の参拝や写経などのときに身を清めるために塗る香です。邪気を払う意味もあるかもしれません」

「邪気か」

賊は手荒な仕事をするとき、身を清めて、縁起をかついだのかもしれない。あるいは、血の臭いを消すためとも考えられる。

付け火をしようとした男と修次を襲った男は同一人物かもしれない。どういうことかと、剣一郎は考えた。

付け火は牢屋敷が狙いではなかったのか。狙いが修次だとしたら……。修次は襲撃される心当たりはないと言っていた。

修次にはなくとも、賊の方には理由がある。

「虫がよく鳴いています」

多恵が庭に目をやった。

「虫が……」

気がつくと、かまびすしいほど虫の音が聞こえていた。多恵が苦笑したのがわかった。

いっとき虫の音を聞いていたが、また耳に入らなくなった。

狙いは修次だったのだろうか。剣一郎は再びそのことに思いが向かった。

二

虫の音が寂しそうに聞こえた。麻吉は濡縁に座り、暗い庭に目をやっていた。静かだ。ほんとうに山奥にいるような静けさだ。

ここにいれば、寮番の夫婦がなんでもしてくれる。なんの不自由もなかった。般若心経《はんにゃしんぎょう》の写経をはじめた。小町屋に頼んで、揃えてもらったのだ。

昼間はほとんど写経をしている。まだ、指先に満足に力は入らないが、なんとか筆を持つことが出来た。

厠も部屋を出て濡縁の突き当たりにあり、障子と壁伝いに行けばすんなりいけた。飯も口からこぼすことがあっても箸を使ってたべられるようになった。

ここで半年から一年過ごしたら、どこか人里離れた寺に入り、生涯をそこで過ごしたい。これまで、まったく信心はなかったが、いまは澄《す》んだ気持ちのせいか、仏門の修行に励みたいのだ。

「麻吉さん。旦那さまがお見えですよ」

寮番が知らせに来た。

「わかりました」

麻吉は立ち上がった。体は揺れたが、何にもつかまらずにゆっくりゆっくり部屋に戻った。襖を開けて入って来た小町屋が目を見張った。

「麻吉さん。ずいぶん、歩けるようになりましたね」

「はい」

部屋の真ん中で、麻吉はしゃがみ込んだ。

向かいに、小町屋が腰を下ろした。

「どうですか、ここでの暮らしは？　まだ、はじまったばかりですが、もし、不自由なことがあったらなんなりと言ってください」

「ありがとうございます。だんなにはなんとおれいをもうしあげてよいやら」

麻吉は感謝の念を言葉に込めた。

「気にすることはありませんよ。ただ、この建物は少し古くなりすぎました。なにしろ、先々代からある寮ですから。そのことは我慢してください」

「とんでもない。りっぱなおやしきでございます」

「気に入っていただければ幸いです。でも、麻吉さん、本当に回復しました」

「はい」

そうだ。ここまで回復出来たのはある意味、修次のおかげかもしれない。修次は俺に何も手を貸そうとしなかった。それどころか、長屋のひとが俺に手を差し伸べようとするのをやめさせた。

皮肉なものだと思った。修次に無視されたことが結果的にはよかったのだ。一時は修次を憎みもし、殺そうとすら思った。自分の面倒を見るのは、おくみの婿になるための偽善でしかなかったことを許せなかった。

だが、いまは修次に対してなんとも思っていない。おくみを得るために、修次は厄介なものを抱えて、それなりの努力をしているのだ。

「ところで、倒れる前のことは、やはり思いだされませんか」

小町屋がきいた。

「はい。まったくだめです」

「そうですか。まあ、気長に焦らずに。ここにはいつまでいてもらっても構わないのですから」

「だんな。せんじつもおはなししましたが、どこかのやまおくのてらでしゅぎょうしたいのです」

「麻吉さんの仏門に入る決意が固ければ、お世話をさせていただきます。どうか、それまではここで養生なさってください」

「ありがとうございます」

なぜ、小町屋はここまで赤の他人である自分に親切にしてくれるのだろうか。縁といえば、小間物屋と飾り職人という関わりだけだ。

仏と呼ばれる旦那はいろいろな慈善を行ない、ひとびとを助けている。孤児になった子どもたちの世話をする施設には金を出して支援している。

そんな小町屋が、いくらこっちの頼みとはいえ、修次を殺そうとしたことが信じられない。俺のために、手を汚そうとしたのか。

「ちょっと、おたずねしてよろしいでしょうか」

麻吉は思い切ってきいた。

「しゅうじがなにものかにおそわれました。あれは……？」

「違います」

小町屋は否定した。

「えっ、だんなではないのですか」

「そうです。確かに、修次さんから麻吉さんを助け出すためには、修次さんがいてはだめだと思っていました。でも、私にはそれを実行する勇気はありませんでした。ですから、修次さんが襲われたと知って、私も驚きました」

「だんなではなかったのですね。よかった」

自分のために、小町屋の手を汚させなくてよかったと、麻吉はほっとした。

「ここは、虫の音がすごいでしょう」

小町屋が話題を変えた。

「はい」

「そのうち、萩《はぎ》も咲きましょう。これから月のきれいな季節です。十五夜は盛大にやりましょう」

小町屋は楽しそうに笑った。

「失礼します」

襖が開いて、寮番夫妻が酒肴《しゆこう》の膳を運んできた。

「麻吉さん、やりましょう」

「はい」

ふたつの湯呑みに酒を注《つ》ぎ、小町屋はひとつを寄越した。なんとか両手で支えて持つ。

しばらく、酒を呑んだあとで、

「ひとつ、きいていいかな」

と、小町屋が湯呑みを置いた。

「はい」

「麻吉さんは親方の娘さんの婿になるはずだった。でも、修次さんに譲った。自分から申し出たそうではありませんか。もう、修次さんに対するわだかまりはないのですか」

「はい。ころそうとおもっていた、じきもありました。じぶんでもふしぎですが、いまはまったくありません。いえ、かえって、そのほうがいいとおもっています」

「そうですか」

小町屋は感心したように頷く。

「こういうからだに、なってしまいましたが、そのおかげで、みえてきたものもたくさんあります」

最初は怒りや恨みに溢れ、焦り、そして自棄《やけ》にもなったが、やがて諦めの気持ちになり、いつしか吹っ切れた。飾り職人として名人と呼ばれるようになりたい、おくみを嫁にし、いい暮らしがしたいという欲望がなくなったとき、羨望《せんぼう》、嫉妬、猜疑《さいぎ》などの醜い思いも消えて透き通るような気持ちになった。

このような心境になったことに、いまでは感謝をしている。青痣与力は悟りを開いた高僧のようだと言ってくれたが、そんな立派なものではない。

「でも、あっしはだんなのように、ひとにつくすことはできません。ただ、おだやかなこころもちでいきていく。それしかできません」

世の中にどっちが有用な人間かといえば、もちろん小町屋だ。麻吉はそのことを口にした。

「いや、私は愚《おろ》かで弱い人間です。麻吉さんのような心持ちになれたら、どんなに仕合わせか」

「旦那さま」

寮番が襖を開けて声をかけた。

「お迎えがきました」

「そうか」

小町屋は湯呑みを置き、

「麻吉さん。今夜は楽しかった。これから、寄るところがあるので、これで失礼する」

と言い、立ち上がった。

麻吉も立ち上がろうとした。

「いい、ここで」

「へい。では、ここで」

小町屋は部屋を出て行った。

麻吉は立ち上がった。ゆっくりながら足を動かし、廊下に出た。男の声が聞こえた。迎えの者の声だ。

おやっと思った。聞き覚えのある声だ。この声の主に一度、会ったことがある。そう思った。

片足を引きずりながら入口に向かった。ちょうど、小町屋が土間から出て行くところで、背中が見えた。

敷居の外に男が立っていた。三十前後の細身の男だ。頬骨が出ている顔だちを見たことがある。

だが、どこで会ったのか思いだせない。

ふたりは外に出て行った。待たせてある駕籠に、小町屋が乗りこんだ。

見送って戻ってきた寮番に、

「いまのおとこのひとはどなたですかえ」

と、麻吉はきいた。

「旦那の身のまわりの世話をしている一太《いちた》さんですよ」

「みのまわりのせわ？」

「旦那には、金をたかろうとする輩《やから》が近寄ってくる。なかには逆恨みをして旦那に乱暴を働く男もいる。一太さんが旦那を守ってやっているというわけだ」

「そうですかえ」

「一太がどうかしたのかえ」

寮番が訝しげにきく。

「どこかであったことがあるんです」

「世間に似たような顔はいるものだ」

「ええ。でも、こえもききおぼえが」

「声も……」

寮番は不思議そうな顔をし、

「でも、思いだせないってことは、たいしたところで会ったわけではなさそうだ」

と、一笑に付すように言った。

ふとんに入っても、一太とどこで会ったのかが気になってならなかった。顔を見、声も聞いているのだ。言葉を交わしたのだろうか。

会ったとしたら、『小町屋』を訪ねたときだろう。病で倒れた前後のことをまったく忘れているので、そのときに会ったのかもしれない。

気がついたときには医者の良沢のところだった。

どうして『小町屋』でのことを忘れているのか。仕上げた簪を届けに行き、酒を振る舞われたような気がする。

もちろん、その場に一太が同席するはずはない。そこで会ったのではない。では、どこか。

思いだせない。胸が落ち着かない。何か、重要なことのような気がする。『小町屋』で何かあったのだろうか。

麻吉は暗い寝間で目をらんらんと輝かせていた。『小町屋』でのことを思い浮かべようとしたが、何かがおぼろに浮かび上がると、急に頭が痛くなってそれ以上考えられなくなった。

寝つけなかった。あの男の顔のことだけで、なぜこんなに心が騒ぐのか。寝入ったのは明け方で、目が覚めたとき、陽はだいぶ上がっていた。

「麻吉さん。ずいぶん、よく眠っていらっしゃいましたね」

厠から台所に行くと、寮番の女房が声をかけ、

「すぐ、朝餉の支度をしますから」

と、にこやかに言う。

朝餉のあと、麻吉は庭に出た。足を引きずり、亀のような歩みだが、杖をもたずに歩けた。

小高い岡の上に向かう。石段を必死に上がると、四阿《あずまや》があった。

そこから隅田川が望める。都鳥《みやこどり》の名所としても名高い場所だ。秋の陽光が射し、萩も咲きはじめた。

この申し分のない場所にある寮がなぜか色あせて感じられる。これはどういうわけなのか。

麻吉はふと心細さを覚えた。ふいに、修次の顔が浮かんだ。なぜ、修次を思いだしたのか。西の空に黒い雲を見たとき、胸騒ぎを覚えた。

三

出仕した剣一郎は、すぐに宇野清左衛門と対座した。

「大きな勘違いをしていたのかもしれません」

と剣一郎が切り出すと、清左衛門は眉間に深い皺を作り、焦ったような口調で、

「大きな勘違いとは穏やかではない。どういうことだ？」

と、先を促した。

「死罪になる罪を犯した囚人五人の仲間で行方がわからない者を選び出しました。しかし、辻強盗の無宿人喜三郎はすでに処刑がすみ、盗賊百足の権蔵の手下は江戸を逃亡。役者崩れの音次郎の情婦だった女も音次郎を見限っておりました。主人殺しの手代孝太郎は身代わりをしたことを打ち明け、いまは再詮議の最中です。残るは、毒婦お熊を慕う三人の情夫です。三人がともに手を組んで、お熊を牢屋敷から救い出そうとしたとも考えられなくはないのですが、京之進の話では三人ともそれほどのだいそれたことが出来る男のように思えないことと、ず

っと見張りを続けても不審な動きはないということでした」

「皆、違ったということか」

「はい。付け火の場所と、風の吹く方向から狙いを牢屋敷と考えましたが、牢屋敷の手前に小伝馬町一丁目があり、そこに飾り職人の修次という男が住んでおります。もしかしたら、狙いは修次ではないかという疑いが生じました」

「飾り職人の修次とな。なぜ、そう思ったのだ？」

「最初の付け火騒ぎから八日後の夜五つ半（午後九時）過ぎ、通旅籠町で左官の為五郎が付け火をしようとした男に匕首で刺されましたが、そのとき、為五郎は賊から香の匂いを嗅いでいたのです。また、先日、今戸橋の袂で、修次が何者かに襲われました。幸い、近くに私がいたので事なきを得ましたが、修次もまた賊から香の匂いがしたと……」

「同じ賊か」

「おそらく。賊は塗香という香を、手に塗っていたものと思われます」

「塗香……」

「邪気を払う意味合いか、血の臭いを消すためか」

「なぜ、修次なる者が命を狙われるのか」

清左衛門は疑問を口にした。

「わかりません。本人も心当たりがないようです。しかし、本人が気づいていない何かがあるのかもしれません。刺された為五郎と修次は同じ長屋の隣同士で住んでおりますが、為五郎が刺されたのはまったくの偶然であり、修次の件とは関わりはないでしょう」

「うむ。では、付け火を諦め、直に襲うことに変えたというのか」

「そうかもしれません」

「しかし、修次ひとりを殺すために、付け火をし周辺を燃やそうとしたのは言語道断だ」

「はい」

「青柳どの。なんとしてでも、付け火の男を捕らえてくだされ」

「必ずや」

剣一郎は力強く応じた。

清左衛門のもとを辞去し、与力部屋に戻る途中、吟味与力の橋尾左門とばったり会った。目礼して行きすぎようとした左門を呼び止めた。

「孝太郎の再吟味の見通しはどうだ？」

「厳しいでござる」

左門は畏まって答える。竹馬《ちくば》の友であり、屋敷ではざっくばらんな態度で接するくせに、奉行所内の左門はまったくよそよそしい。

「厳しいとは?」

「内儀のおようの言葉が変わった。重助の話は嘘だと言い出した」

「なに、どういうことだ?」

「詳しいことは今夜、そなたの屋敷で。失礼つかまつる」

左門は去って行った。

剣一郎は唖然として立ちすくんだ。やはり、おようは本性を現わしてきたか。だが、おようの陰にいる者をあぶり出さない限り、おようの企《たくら》みを明らかには出来ない。

用心深いおようの動きに、文七はいまだに秘密を掴み切れずにいる。文七に応援を出して、何人かでおようを見張ればいいが、気づかれる恐れがある。そうなれば、おようはさらに用心をするだろう。

今宵《こよい》、左門から詳しい話を聞いてから対応を考えようと、剣一郎は気持ちを修次のほうに切り換えた。

だいぶ厚い雲が張り出している。雨が降り出すまで、まだ間がありそうだ。

剣一郎は小伝馬町一丁目の修次の長屋に急いだ。大きな勘違いをしていたのかもしれないという思いはさらに強まった。

付け火の狙いは牢屋敷ではない。そのことに間違いないような気がしたが、狙いが修次だとしても理由がわからない。

長屋木戸を入り、修次の住まいに行き、腰高障子を開けた。

「邪魔をする」

「青柳さま」

仕事の手を休めて、修次は顔を向けた。

「すぐ終わる。もう一度、確かめたい」

「へえ」

修次が畏まった。

「賊から、香の匂いがしたと言ったな」

「はい。そうです。しました」

「じつは、為五郎にも確かめた。やはり、相手から香の匂いがしたそうだ」

「えっ?」

「共に細身の敏捷そうな男だ」

さらにいえば、剣一郎が見掛けた笠をかぶった不審な男も細身だった。

「同じ男だってことですかえ」

修次が目をむく。

「そうだ。つまり、為五郎を刺した男は付け火をしようとして見咎《みとが》められたのだ。為五郎を刺したのは手違いだ。賊の狙いは付け火であり、うまくいっていたらこの長屋は炎に包まれたはずだ」

「………」

「その後、そなたが襲われた。そう考えると、狙いはそなたではないかと思えるのだ。もう一度、よく考えるのだ。自分では気づかぬうちに、何かに巻き込まれてはないか」

「いえ。やはり、心当たりはありません」

修次は当惑したように答える。

「いや、何かあるはずだ。そなたが狙われたわけが何かある」

剣一郎は言い切った。

「へえ」

修次は真剣に考え込んでいたが、やはり首をかしげた。

「では、そなたがいなくなって得をする者はいるか」

「いえ、あっしなんかがいなくなったって、たいして影響があるとは思えません」

「同業者、得意先などでもないか」

「はい」

修次は自信なさげに、

「自分じゃ気づかないうちにひとを傷つけていたんでしょうか」

と、呟いた。

「妙だな」

剣一郎は素直に疑問を口にした。

「今戸橋のとき以外で襲撃されたことは？」

「いえ、ありません」

「妙だ」

また、剣一郎は呟いた。

本気で修次を殺るつもりなら、執拗《しつよう》な襲撃を繰り返したのではないか。それに、付け火で修次を殺せるかどうかは疑問だ。火事になれば若い修次が逃げるのは容易だ。確実に殺せる手段ではない。

体の不自由な麻吉なら逃げ遅れるだろうが……。まさか、麻吉が狙いだったということはあるだろうか。

「麻吉はどうだ？　麻吉が命を狙われるということはあるだろうか」

剣一郎は疑問を口にする。

「麻吉兄貴が、ですか」

修次は首を横に振る。

「麻吉兄貴こそ、ひとから恨みを買うような男じゃありません」

「うむ」

ふと、剣一郎はある想像をした。

「麻吉は親方の家で倒れる前のことをまったく覚えていないと言ったな」

「はい」

「その日は『小町屋』に行っているのだな。その『小町屋』からの帰り、麻吉の身に何かあったのではないか。思い当たる節はないか」

「さあ」

「麻吉が親方の家に帰ったときの様子は？」

「顔が真っ青でした。でも、すぐ倒れたので、すでに具合が悪くなっていたのだと思いました」

「顔が真っ青だったのは病ではなく別の理由からだったかもしれぬ」

「まさか」

「須田町の『小町屋』から長谷川町の親方の家に辿り着く間に何かあったのではないか」

　何があったのだろうか。当時、変事があったという知らせは奉行所には上がっていないはずだ。あれば、剣一郎の耳に入っている。

「でも、麻吉兄貴は何も覚えちゃいないんですぜ。そんな麻吉兄貴をどうして殺さなきゃならねえんですかえ」

　修次が憤然とした。

「麻吉が覚えていないことを知らないのか、あるいは、いつか思いだすことを恐れているのか……」

「青柳さま」

修次が恐ろしい形相になって、

「いま、兄貴は『小町屋』の寮にいます。もし、賊がそのことを知っていたら……。兄貴が危険じゃありませんか。青柳さま。どうか、兄貴を助けてあげてください」

「やはり、そなたは……」

剣一郎は修次の腹の底にあるものを見たような気がした。

「なんだかんだといっても、あっしの兄貴分ですから」

あわてて、修次は言い訳のように言う。

「そうだな」

あえて逆らわず、剣一郎は応じる。

「わしにはずっと気になっていたことがある」

「なんでしょうか」

「どうして小町屋は麻吉を引き取ろうとしたのか。そのことが腑《ふ》に落ちないのだ」

「あの旦那は、義俠心《ぎきょうしん》に富んだお方です。飾り職人としての兄貴をとても買っていました。兄貴の腕を惜しんだから、兄貴を最後まで面倒見ようとしたのではないでしょうか」

「なかなか出来ることではない」

「はい」

「だが変だとは思わないか。そなたの態度が気になるとしても、執拗に寮に誘っていた」

「小町屋さんはひとの難儀を見捨てておけないひとだと聞いています。小町屋さんからしたら、ここで暮らさせることは心配でならなかったのかもしれません」

「そうだな。ともかく、夜道だけでなく、日中の外出も気をつけるのだ。何か思いだしたことがあれば、なんでも言うように」

「へい」

剣一郎は修次のところをあとにして、浅草御門に向かった。

橋場にやってきた。『小町屋』の寮を探しだし、門を入った。

出て来た年配の男は寮番だと答え、剣一郎を麻吉のところに案内してくれた。

「麻吉さん」

寮番が経机に向かっている麻吉に声をかけた。

「これはあおやぎさま」

顔を上げて、麻吉は筆を置いた。

「邪魔をする」

「どうぞ」

麻吉はゆっくり立ち上がり、剣一郎の前にやって来た。

「写経をしているのか」

剣一郎は経机を見て言う。

「はい。こころがおちつきます」

「麻吉。ちょっとききたいことがある」

「なんでしょうか」

「そなたが何者かに狙われる覚えはあるか」

「いいえ、ありません。ただ、あっしは、おやかたのいえにかえってたおれたそうですが、そのぜんごのことをまったくおぼえていません」

「須田町の『小町屋』に行っていたんだな」

「はい」

「おそらく、『小町屋』から親方の家に帰るまでの間で、そなたは何かを見たか聞いたかしたということも考えられる」

「………」

麻吉は眉根を寄せてじっと考え込んだ。

「どうした？」

「きのうこまちやのだんながここにいらっしゃってくださいました。だんなをむかえにきたおとこがいます。そのおとこのこえにききおぼえがあり、のぞいてかおをみました。やはり、どこぞであったような……。でも、どこであったのか、おもいだせません」

「その男の名はわかるか」

「いちたというそうです」

「いちた、一太だな」

「はい。ほそみで、こまちやのだんなをまもるやくめだとか」

「一太のことを調べてみよう。何か思いだしたことがあったとしても、そのことは誰にも言うな。まず、わしを呼べ。寮番に近くの自身番に行かせ、わしを呼ぶように」

「わかりました」

麻吉は緊張した声で答えた。

狙いは麻吉ではないかという思いを強くした。付け火をし、小伝馬町一丁目の長屋が火事になれば体が不自由な麻吉は逃げきれないはずだ。そして、付け火ならば、麻吉を殺す狙いを隠すことが出来る。

麻吉は須田町の『小町屋』で何かを見、何かを聞いたのだ。

剣一郎は別れを告げて、『小町屋』の寮を出た。

そして、自身番により、麻吉のことを頼んで引き上げた。

夕方に、奉行所に帰った剣一郎は、京之進が引き上げたのを待って、呼び寄せた。

「狙いは牢屋敷ではなく、麻吉ではないかと思う」

そう切り出し、剣一郎は自分の考えを話した。

「では、小町屋が麻吉を自分の寮に引き取ったのは？」

「確たる証があるわけではないが、麻吉が何かを思いだすのを恐れ、手元に置こうとしたとも考えられる」

「では、思いだしたら、麻吉の身に何かが」

「うむ。麻吉には思いだしたことがあっても口に出すなとは言ってある」

「しかし、小町屋といえば、慈善家としても名高い男です。そんな男が麻吉を殺そうなどと……」

京之進は納得いかないように言う。

「うむ。わしも、一度、小町屋が物貰いの母娘にやさしい言葉をかけて助けてやったところに出くわしたことがある。あの姿は本物だ」

「本物の慈善家なら、麻吉を寮に引き取ったのはやはり麻吉のためを思ってのことではありませんか」

京之進は珍しく、剣一郎に対してむきになった。

「わからない。そこがわからない。確かに、京之進の言うのももっともだ。小町屋の親切はほんものだ」

「人伝《ひとづ》てですが、小町屋は奉公人にも一日に一つは善行を積むように言っているそうです。小町屋の善行は付け焼き刃ではありません」

「………」

剣一郎は反論に窮《きゆう》した。

京之進の言葉は正しい。だが、小町屋が麻吉を狙っていると考えれば、うまく説明がつくことがあるのだ。

「なぜ、修次が襲われたのか」

剣一郎は口にした。

「もし、修次が怪我をしたり、死にでもしたら、麻吉の面倒を見る者がいなくなる。そうなれば、麻吉を橋場の寮に引き取れる」

「でも、それは偶然では」

「付け火と修次を襲ったのは同じ男だ。火事では修次を殺せない。体の不自由な麻吉なら逃げ遅れて焼け死ぬだろう」

「…………」

「それに、気になるのは一太という男だ。麻吉は一太の顔と声を知っていると言っていた。その一太の特徴が為五郎を刺し、修次を襲った男と似ている」

当惑している京之進に、

「密《ひそ》かに、一太のことを調べるんだ」

と、剣一郎は命じた。


その夜、屋敷に、橋尾左門がやって来て、剣之助も同席した。

「来たそうですまないが、さっそく孝太郎の詮議の様子を教えてくれ」

剣一郎は促した。

「わかった。じつは、一昨日の詮議で、証人として呼んだ内儀のおようが、重助のことは嘘だと言い出したのだ」

左門は厳しい顔で続けた。

「その前に、重助という男が孝助が裏口から逃げていくのを見たと内儀から聞いたと、孝太郎が話した。そのことを受けて、おように話をきいた。すると、おようは、そんなことを孝太郎に話した覚えはないと言ったのだ」

「…………」

これで、おようが嘘をついていることがわかった。だが、こう感じるのは剣一郎だけだ。左門や剣之助はいずれが偽《いつわ》りを申しているかの判断はつかないだろう。いや、おようの言葉を信用するはずだ。

「そればかりではない。おようはこう言った。相馬屋の悲鳴が聞こえたので駆けつけると、孝太郎が逃げて行くのを見た。通夜のとき、孝太郎を問い詰めると、弟に金を届けたら名乗って出るというのでそのようにしたと話した」

「そうか」

「孝太郎は、おようの言葉を跳《は》ね返すだけの材料を持ち合わせていない。このままでは、おようの言葉を信用せざるを得ない」

「父上」

剣之助が口をはさんだ。

「孝太郎が助かりたいがために、偽りを申し立てたのではないかというのが素直な感想です。内儀のおようが嘘をつく理由も見当たりませんし」

「理由はあるはずだ。だが、まだ、見つかっていない」

必ず、文七がその理由を探り出してくるはずだ。

「おようは尻尾《しっぽ》を出した。きっと、正体を暴いてやる」

剣一郎が拳を握りしめて呻くように言ったとき、庭先にひとの気配がした。文七だと思った。

濡縁に出ると、文七が立っていた。風が出ていた。

四

隅田川を渡ってくる夜風は強く、ひんやりしていた。

麻吉は障子を開け、暗い庭に目をやった。暗がりに何かが蠢《うごめ》くように思えたのは気のせいかもしれない。

修次が何者かに襲われたのは、麻吉の意を汲んだ小町屋の仕業だと思ったが、小町屋は否定した。

では、修次の命を狙ったのは何者なのか。なぜ、修次は襲われたのか。狙いはこの俺ではないかと、青痣与力は言った。

「『小町屋』から親方の家に帰るまでの間で、そなたは何かを見たか聞いたかしたということも考えられる」

命を狙われるほどの何かを俺は見たり聞いたりしたのだろうか。まったく、覚えていない。

ただ、一太という男のことが気になった。どこで見掛けたのだろうか。小町屋のそばについている男だ。だとしたら、『小町屋』で見掛けたのだ。『小町屋』で何かあったのか。

思いだした。あの日は小町屋からの注文の簪が仕上がって届けに行ったのだ。あの簪が誰からの注文で、どんな女のひとが髪に挿《さ》すのかまでは思いだせない。が、装飾も豪華で、高価なものだ。かなりの金持ちだったはずだ。

簪を届けたあと、小町屋が酒を振る舞ってくれた。そのあとのことがわからない。思いだすことを妨害するかのように、そのあとのことを考えると頭が痛くなる。

寮番の亭主がやって来た。

「そろそろ雨戸を閉めましょうか」

「もう、そんなじこくですか」

「さっき、五つ半（午後九時）を過ぎました」

一刻（二時間）以上、庭を見つめながら考え事をしていたことになる。

寮番が雨戸を閉めて行く。麻吉は厠に行った。小便をしながら、ふと小窓に目が行った。あのときも、厠に行ったのだと思いだした。『小町屋』に簪を届けに行ったときのことだ。帰りかけたが、尿意をもよおし、厠に行ったのだ。

そうだ。厠で用を足したあと、小窓から外を見た。なぜ、外を見たのか。また、頭が痛くなり、それ以上考えることが出来なくなった。

厠を出ると、雨戸は全部閉まっていた。

寝間に行き、ふとんに入る。風があるのか、ときたま雨戸が鳴っている。目が冴《さ》えていた。

何かが頭の中に浮かんできた。それがはっきり見えそうで、また消えた。胸の辺りが圧迫されるように苦しくなってきた。

厠で聞こえてきた声が蘇ってくる。

「孝太郎が自訴しました。内儀さんがうまくやってくれました。亭主殺しの片棒を担ぐほどですから、相当な胆力です」

そうだ。そう聞こえたのだ。驚いて、麻吉は小窓から覗いた。庭にいたのが一太だった。一太が厠のほうを見た。麻吉はあわてて、飛び出し、そのまま小町屋に挨拶もせずに引き上げたのだ。

追いかけてくる。そう思って必死になって逃げた。頭が痛かった。親方の家に辿り着いてすぐに倒れたのだ。

麻吉はがばと体を起こした。思いだした。どこかで亭主殺しがあったのだ。その下手人として、孝太郎という男が自訴した。だが、それは内儀がうまくやったからだという。

小町屋も関わっているのだろうか。一太が小町屋の忠実な配下だとしたら、当然、小町屋の命令の下でひと殺しが行なわれたことになる。

ふと、外で悲鳴が聞こえた。麻吉は聞き耳を立てた。だが、遠いので聞き取れない。そのうち、何かが弾けるような音が聞こえた。

麻吉は立ち上がり、足を引きずりながら襖まで行く。何かきな臭い。襖を開けた。台所のほうから煙《けむり》が流れ込んできた。

全身が粟立《あわだ》った。火事だ。

大声で寮番を呼ぶ。しかし、返事がない。あっという間に火が迫った。麻吉は後ずさり、隣の部屋から庭に出ようとした。

障子を開け、廊下に出る。背後から熱風が襲ってきた。夢中で、雨戸を開けようとした。さるを外したが、何かひっかかっているのか開かなかった。何度も力を込めたが、びくともしない。

どの雨戸も開かない。煙が迫ってきた。麻吉は廊下の突き当たりにある厠に飛び込んだ。

小窓の格子に手をかけ、よじのぼる。天井板を突き破り、屋根裏に出た。燃え落ちたような物音がした。

麻吉は夢中で屋根に出た。そして、屋根から土の上に飛び下りた。弾みで転げたが、すぐに起き上がって、建屋から離れた。

燃え尽きた屋根が崩落した。必死で庭の奥に逃げた。寮は紅蓮《ぐれん》の炎に包まれていた。息が切れ、肩を大きく上下させながら、降りかかる火の粉を避けるために風上に移動した。

なんとか、火の手から逃れた。間一髪だった。もたもたしていたら間に合わなかった。不思議に思うほど素早く体が動いた。

焼け落ちる寮を見ながら、よく逃げられたものだと、麻吉は震えがとまらなかった。夢中で逃げた。いざとなって、体が動いたのだ。

これも、修次のところにいるときにさんざん意地悪されたおかげだ。修次は俺が困っても手を差し出そうとしなかった。だから、自分は必死にひとりで台所に水を飲みに行き、さらに外の厠まで杖をついて歩いた。

長屋の住人が手を差し出そうとするのをいやがり、誰にも手を出させなかった。だから、みじめな姿を晒しながらひとりで厠を往復したのだ。

皮肉なものだ。そういう修次のいやがらせで体を動かしていたから、いざというときになってこんなに自由に動けたのだ。

厠の天井を破って、そこから庭に出る芸当が出来たことが信じられなかった。修次、これもおめえのおかげだと皮肉を込めて吐き捨てた言葉が途中で止まった。

もし、修次がなんでも俺に手を貸してくれたら、俺はこんなに動けるまでに回復しただろうか。

（まさか）

麻吉は悲鳴を上げそうになった。

まさか、修次は……。そうか、そうだったのか。俺の体を動かせるためにわざとあのような仕打ちをしたのか。

俺は体の自由もきかず、言葉も喋れなくなり、自棄になっていた。死にたいと思っていた。そうだ。最初の頃、修次に言ったことがある。殺してくれと。こんな姿で生きていても仕方ねえと。

もちろん、修次をひと殺しにさせるわけにはいかない。だが、自分ひとりで死ぬことも出来ない。くびをくくることも、刃物で心ノ臓を刺すことも出来ない。それでも、時間をかければ、死ぬことが出来る。

食べ物も口に入れず、じっとしているのだ。やがて、瘦《や》せ細り、命が尽きる。だから、そうしようとしたのだ。

そんな麻吉の気持ちを変えさせたのが修次のひと言だ。

「麻吉兄貴。おくみさんは俺がもらうぜ。安心しな」

おくみの婿になり、親方のあとを継ぎ、将来は『彫森』の親方になる。そう決まっていたのだ。

それを、修次が横取りしようとした。

「いままで、さんざん兄貴面しやがって。これからはそうはいかねえ。俺の下僕のように生きていくんだ。いいな、兄貴」

「なんでえ、その面は。おれがおくみさんと所帯を持つのがそんなにいやか。悔しいのか。俺だっておめえの面倒なんか見たくねえ。だが、親方やおくみさんにはいい格好しなきゃならねえんで、おめえを引き取っただけだ」

「喉が渇いたら自分で飲みに行け。厠にだって、自分で行け。自分のことは自分でしろ」

「おくみさんとここで暮らすようになったら、兄貴、おめえの住む場所はねえ。それとも、俺とおくみさんが睦《むつ》み合うのを指を銜《くわ》えて見ているかえ」

修次の容赦のない言葉を浴び、麻吉は怒りと憎しみから修次を殺してやると思った。こんな男とおくみをいっしょにさせてはならないと思った。

それからは、修次を殺すために生きようと思うようになった。だから、懸命に体を動かしたのだ。

もし、修次の激しい言葉がなければ、俺は寝たきりの暮らしを余儀なくされたか、その前に物を食べずに死んでいったかもしれない。

修次おめえは、俺のために……。

塀の外でひとの声がする。火消しが駆けつけてきたようだ。炎の明かりに人影が浮かび上がった。助けに来てくれたのだ。

麻吉は立ち上がり、その人影に手を振った。男が近付いてきた。

あっと、麻吉は足を止めた。

「おめえは……」

「よく逃げ出せたな」

炎が男の顔を照らした。一太だった。

「まさか、ひはおめえが？」

麻吉は問い詰めた。

「そうだ。体の自由がきかねえはずだったんじゃねえのか。当てがはずれたぜ」

「つけびのみすい、それから、しゅうじをおそったのも、おめえだな」

「そうさ。おめえに死んでもらうためよ」

「『こまちや』できかれたからか」

「そうだ。まさか、厠におめえがいたとは迂闊《うかつ》だったぜ。すっかり、聞かれちまった。だが、おめえは病に倒れ、前後のことをまったく忘れたという」

懐に手を突っ込み、一太はにやつきながら迫った。

「だが、いつ思いだすか心配なんで、長屋を火事にしておめえを殺そうとした。二度とも邪魔が入って失敗した」

「『こまちや』のだんなは、どうからんでいるのだ？」

「さあな」

「おしえてくれ。こまちやさんは、ほとけのようなおかただ。そんなこまちやさんが、ひとごろしをするはずはねえ。こまちやさんも、りようしたのか」

「どうかな」

一太はにやついた。

「こまちやさんもぐるだったのか、いや、くろまくか」

「そういうことよ」

「しゅうじをころそうとしたのも、おれをここにひきとるためだったんだな」

事情を察して、麻吉は確かめる。

「そう、手元に置いておけば、いざというときにすぐ始末出来るからな。ところが、おめえは俺を見て、俺のことを気にしだした。じきに、忘れていたことが蘇る。心配になって、急遽《きゆうきよ》、ここを燃やすことにしたのさ。だが、おめえは逃げ延《の》びた。また、当てがはずれてしまった」

一太は懐から匕首を抜き取った。

「これなら、最初からこいつで心ノ臓をひと突きにしておけばよかった。旦那が、あくまでも事故で死んだことにしたいって言うんでな」

麻吉は身構えながら後退《あとずさ》った。

「だれをころしたんだ?」

麻吉はきく。

「何の話だ?」

「ていしゅごろしだ。こうたろうが、じそしたと、いっていた」

「おめえには関わりはねえ」

「いや。それをきいて、おれはいのちを、ねらわれたんだ。しるのはとうぜんだ」

「冥土《めいど》の土産《みやげ》ってこともあるが、どうせ死ぬんだ。知ったって仕方ねえ。おとなしく死んでいくんだな」

一太は匕首を構えて突進してきた。麻吉は横っ飛びに逃れた。一太はすぐ体勢を立て直して襲ってきた。

麻吉は尻餅をついた。目の前に匕首が襲ってきた。麻吉はのけぞって逃れた。

一瞬、香の匂いがした。

麻吉は仰向けで、仁王立ちになった一太を見上げた。

「じたばたしてもむだだ」

一太は余裕の笑みを浮かべた。

「覚悟しろ」

一太は匕首を振りかざした。

「待て」

鋭い声がした。

「誰だ?」

一太が声のほうに目をやった。

「南町定町廻りの植村京之進だ。一太、そこまでだ。観念せよ」

京之進は十手《じって》を突き出した。一太の背後にも岡っ引きがまわった。

「ちくしょう」

一太は突然、京之進のほうに突進した。京之進は体を躱《かわ》し、十手で一太の匕首を叩き落とした。

うっと呻いて、一太は手首を押さえてうずくまった。

岡っ引きと手下が一太に駆け寄り、縄を打った。

「麻吉か」

京之進が声をかけた。

「へい。でも、どうしてここに？」

「青柳さまに言われ、一太を見張っていたところ、ここにやって来た。見失って捜していたら、突然火が出た」

「そうですか。あおやぎさまが」

麻吉はほっとしたように言う。

「一太は口封じのために、おまえを襲ったのか」

京之進がきいた。

「はい。あっしは『こまちや』で、いちたがだれかと、はなしているのをきいたんです。こうたろうが、じそしました。おかみさんがうまくやってくれました。ていしゅごろしの、かたぼうをかつぐほどですから、そうとうなたんりょくですって、はなしていました」

「そうか。そういうわけだったか」

「こうたろうって、どなたですかえ」

「深川佐賀町の鼻緒問屋『相馬屋』の手代だ。いま、主人殺しで牢屋敷に入っている」

「しゅじんごろしですって。じゃあ、じつのげしゅにんは……」

「そうだ。一太に違いない。その背後に『相馬屋』の内儀と小町屋がいる。これで、孝太郎を助けることが出来る」

京之進は勇んで言った。

「りょうばんふうふは、どうしましたか」

麻吉は思いだしてきいた。

「火事の前にこっそり逃げ出していた」

「じゃあ、あのふたりも……」

「そうだろう。おまえの見張り役だったのだろう」

火事は発見が早かったので『小町屋』の寮と数軒の家が焼失しただけで済んだ。『小町屋』の寮は建物自体が古いのと、寮番夫婦が室内に油を撒《ま》いていたのでたちまち燃え尽きてしまったのだ。

親切だと思っていた夫婦の正体を知って愕然《がくぜん》としたが、やはり麻吉には小町屋のことがいまだに信じられない。

「なぜ、小町屋さんは……」

麻吉はやりきれないように呟いた。

五

翌朝、剣一郎は南茅場町《みなみかやばちょう》の大番屋に顔を出した。すでに、京之進が取り調べをはじめていた。

「どうだ?」

剣一郎はきいた。

「言い訳ばかりです」

京之進が閉口したように言う。

「そうか」

剣一郎は一太の前に立った。

「一太。手を出せ」

筵《むしろ》の上に座っている一太は怪訝そうな顔を向けた。

「さあ、両手を前に」

一太は不貞腐《ふてくさ》れたように、手を差し出した。

その手をとり、剣一郎は嗅いだ。

「なるほど。この香りか」

「なんでえ」

一太は手を引っ込めた。

「そなた、通旅籠町で付け火をしようとしたのを見られ、声をかけてきた為五郎を匕首で刺したな」

剣一郎が問い質す。

「さあ、なんのことかさっぱり」

「それから、今戸橋の袂で待ち伏せて、飾り職人の修次を襲った」

「心当たりはありません」

「そうか。あとで、為五郎と修次を呼んで面通しをしてもらおう。そうすれば、はっきりする」

「…………」

「ところで、きのうは『小町屋』の寮に火を付けたな」

「あっしじゃありません。火をつけたのは麻吉って男です」

「どうして、そう思うのだ？」

「あっしは『小町屋』の旦那から麻吉を見張るように言われたんです。体が不自由になって自棄になって死を選びかねないと。それで、寮のまわりを見張っていたら、急に火の手が上がったんです」

「では、なぜ、麻吉に匕首で襲いかかったのだ？」

「あれは麻吉が匕首で自分の喉を刺そうとしたから止めに入ったんです」

「麻吉は死のうとして火を付けたのにどうして逃げたんだ？」

「あっしが助け出したんです」

「そうか。助け出された麻吉はそなたの匕首を奪って死のうとしたのか」

「そうです」

「しかし、そなたは麻吉を突き刺そうとしたところを捕まったのではないのか」

「いえ、そんなことしていません」

一太は呆れるような言い訳を繰り返した。

「塗香はなんのためにしているのだ？」

「ふだんからです」

「血の臭いを消すためか」

「違います」

「麻吉は倒れる前、『小町屋』の厠で、そなたが孝太郎が自訴したこと、内儀が亭主殺しに加担したことを話すのを聞いていた」

「あっしはそんなこと話していません。麻吉が夢でも見たのか作り話でもしたんですよ」

「麻吉の口を封じるために、付け火をしたのではないのか」

「まったくの見当違いですぜ」

「あくまでもしらを切るか」

「しらを切るもなにも。あっしにはまったく関わりないことで」

「よし」

剣一郎は立ち上がった。

「このあと、小町屋から話を聞く。小町屋がなんと答えるか楽しみだ。おそらく……。まあ、いい」

「なんですかえ」

一太は気にした。

「いや。わしが小町屋の立場なら、そなたに罪をなすりつける」

「えっ？」

「為五郎を刺したのも、修次を襲ったのもそなただということはわかっている。きのうの付け火もそなただ。さらに、相馬屋殺しもそなただ。すべて、そなただけが表舞台に登場していて、小町屋は陰に隠れている。小町屋がそなたに話を合わせたとしよう。それでは小町屋にも疑いが及ぶ。それより、すべての責任をそなたに背負わせて自分だけ助かる道を選ぶ。そうではないか」

「その手は食いませんぜ。あの旦那がそんなことをするはずはない。あっしは信頼されていますからね」

一太は向きになった。

「そうかな。小町屋は仏のようだと噂されている男だ。その美しい姿を守るためには、そなたを切り捨てることはたやすいことだ」

「そんなことはねえ」

「まあ、仕方ない。そなたが何も言わなければ、小町屋を糾弾することは出来ぬ。小町屋の言うように処置せざるを得まいな。もう、いい」

「待ってくれ」

　一太はあわてて、

「小町屋の旦那はここに来るのか」

「もうじき来る。だが、ここではない。そなたがいる場所では、小町屋も話しにくかろう。別の番屋で話を聞くことにする」

「別の番屋？」

　一太は顔を紅潮させ、

「汚え」

　と、叫んだ。

「ほう、汚いとは？」

「だって、そうじゃねえか。旦那が何を言うか、あっしも聞かせてもらわなきゃ、ずるいじゃねえですか」

「どうして、ずるいのだ？　そなたが睨みをきかせていたら、仏の小町屋はほんとうのことを言えなくなってしまうかもしれぬ。心配いたすな。小町屋がどう答えたか、ちゃんと話してやる」

「ちくしょう」

一太は暴れながら仮牢に戻された。

「青柳さま。では、小町屋が来たら三四の番屋に？」

京之進が近寄ってきいた。

「そうしてもらおう」

本材木町《ほんざいもくちょう》三丁目と四丁目にある大番屋に連れて行くことにした。

しばらくして、小町屋がやって来た。表向きの理由は、使用人の一太の罪について参考のために話を聞きたいということだった。

小町屋は強張《こわば》った表情で入って来た。

「小町屋。待っていた」

剣一郎は迎えて、

「一太は罪をすべて否定した。こうなると、そなたには参考に話を聞くだけでは足りなくなった。もっと深く問い質さねばならない」

「どういうことでございましょうか」

「一太に聞かれるのはまずい。三四の番屋で話を聞く」

「待ってください。一太が何を申したのでしょうか。どうぞ、教えてくださいませ」

「いや、ふたりで示し合わせてしまうかもしれない。別々に話を聞く。心配はない。そなたがほんとうのことさえ言えばいいだけのことだ」

「お待ちください。私に何か疑いでもおありなのでしょうか」

「そなたには、『相馬屋』の内儀おようと共謀し、相馬屋を殺し、その罪を孝太郎にかぶせた疑いがかかっている」

「何かの間違いです。私はそのようなことはしていません。第一、私には相馬屋さんを殺す理由はありません」

小町屋は頑強に否認した。

「小町屋。そなたとおようがただならぬ関係であることはわかっているのだ。鳥《と》越《ご》神社の裏手にある一軒家が、ふたりの隠れ家であることは調べ済みだ」

「それは……」

「さあ、あとは三四の番屋で聞こう」

「待ってください。確かに、私はおようさんとそういう関係になりました。でも、相馬屋さんのことは私には関係ありません」

小町屋は平然と答える。

「飾り職人の麻吉がすべてを思いだした。仕上げた簪を『小町屋』に届けに行き、酒を馳走になった。帰り際、厠に入ったとき、庭で一太の話し声が聞こえて来たそうだ。孝太郎が自訴したこと、内儀が亭主殺しに加担したことなど……」

「嘘です」

小町屋が叫ぶ。

「誰が嘘をついているのだ？　麻吉か、一太か。よいか、こちらが当てずっぽうで話しているとは思わぬことだ。そなたの答えによっては、さらに追及が厳しくなると思え」

剣一郎は釘《くぎ》を刺した。

小町屋は開きかけた口を閉ざした。頭を激しく回転させているのだろう、厳しい顔で考え込んだ。

三四の番屋に連れて行き、取り調べを行なおうと思っていたが、小町屋の顔を見ていてふと賭けに出てみる気になった。

「仮牢で一太が聞いている。一太も麻吉が嘘を言っていると訴え、寮の火事も麻吉の仕業だと言い張っている。待て」

小町屋が口を開きかけたのを制して、剣一郎は続けた。

「我らはそなたが一太を使って相馬屋を殺し、さらに一太の話を盗み聞きした麻吉を始末しようとしたものと考えている。だが、その証はない。そなたが言うように、内儀のおようと深い間柄だったとしても、それが直接相馬屋殺しの証にはならない。麻吉を寮で面倒を見ることにしたのもそなたの親切心からだと言い張られれば、それ以上の追及は難しい。だから、相馬屋殺しも、寮の火事もすべて一太が勝手にやったことにすれば、そなたはこの危機から逃れられるかもしれない。まあ、待て。まだ、わしの話を聞け」

またも小町屋が何かを言いかけるのを、剣一郎は制した。

「麻吉が嘘をついていることにして一太を助けようとしたら、そなたと一太は仲間とみなされ、奉行所は徹底的にそなたを追うだろう。つまり、そなたは一太ひとりに罪をなすりつければ助かるかもしれぬ」

「………」

「しかし、そなたは一太ひとりに罪をなすりつけることは出来ないはずだ。そのようなことをしたら、そなたの仏の沢治郎と呼ばれた自分自身を否定することになる。相馬屋殺しに加担をし、麻吉の口を封じようとしたことでそなたは自分をも裏切っている。この上、さらに一太まで切り捨てたらそなたはそなた自身ではなくなる」

小町屋は口をわななかせた。

「わしはそなたが、薬研堀で物貰いの母娘に救いの手を差し伸べているのを見た。その姿は決して偽善ではない。本心からの行ないだ。善行を積んできた人間の持つ輝きが眩《まぶ》しいほどであった。わしは、これはほんものだと思った。いまでも、ほんものだと思っている」

剣一郎は青ざめた顔をした小町屋に向かってさらに続ける。

「だから、そなたがおようと語らい、相馬屋を殺したことが信じられない。なぜ、そなたほどの男がもっとも残虐《ざんぎゃく》なことに手を染めることが出来たのか。さらに、秘密を知られた麻吉の口を封じようと躍起《やっき》になるなど、わしにはわからない」

「…………」

「そなたに善と悪が同居しているのか。善人はあくまでも善人であることはあり得ないことなのか。そなたを知る者たちは、そなたがひと殺しをするなどまったく信じないであろう。だから、一太に罪をなすりつけたら、そなたは助かるはずだ。世間はそなたを信頼している。誰もそなたが悪事を働いたとは思わない。だが、それで助かったとしても、そなたの中の善は死ぬ。そなたの中の悪が善を殺す。今日まで、そなたが積んできた善行はすべて否定される」

「ああ」

と、小町屋から悲鳴が漏れた。

「もう一度言うが、わしはそなたの中にある善はほんものだと思っている。しかし、相馬屋を殺し、麻吉を殺そうとしたことは紛《まぎ》れもない事実だ。その悪に目をつぶったら、これからは仏の沢治郎ではなくなる。それは、そなた自身の否定につながる」

小町屋はくずおれた。

剣一郎はわなないている小町屋が落ち着くのを待った。

「青柳さまの仰ること、いちいち身にこたえました。相馬屋さん殺しは、私が一太に命じてやらせました。おようさんとの仲を相馬屋さんに見つかり、瓦版《かわらばん》に載せて、仏の沢治郎の化《ば》けの皮を剝がして世間に知らせてやると息巻かれ、おようさんも相馬屋から折檻《せっかん》を受け、どちらからともなく、殺すしかないと……」

小町屋は自白をはじめた。

「帰ったと思った麻吉さんが、まさか厠に入っているとは気付かず、一太と庭で話したのです。そのとき、重大な話を聞かれてしまいました。ところが、その衝撃の大きさのせいかわかりませんが、親方の家に帰った麻吉さんが病に倒れたのです。その前後のことをなにも覚えていないことに安堵しましたが、麻吉さんが回復するにつれ、不安をもちはじめました。回復すれば、いつか厠で聞いた話を思いだす。だから、自分の手元に引き取り、見張ろうとしたのです」

「なぜ、麻吉が回復すると思ったのだ？」

「麻吉さんが引き取られた修次の家に行ったときです。修次は麻吉さんが喉の渇きを訴えても無視し、私が手を差し伸べようとしたのもやめさせました。麻吉さんは這いずり、土間に転げおちながら、惨めな姿で水瓶まで辿り着き、口からこぼして胸元を濡らしながら水を飲んでいました。それを修次は笑いながら見ていました。とても残虐な仕打ちのように思いました。でも、ふと修次が目尻を拭《ぬぐ》ったのを見たのです。そのとき、私はすべてを悟りました。修次は心を鬼にして麻吉さんを助けようとしているのだと」

「そうか。そなたは気付いていたのか」

「はい。麻吉さんは不自由な体になったことで生きようとする気は萎《な》え、早く死にたいと訴えていたそうです。医者にきいたところ、痛くて苦しくても体を動かす訓練を続ければ、ある程度まで動かせるようになれる。だが、それはとてもつらいことなので、ほとんどの者は続けられない。そう聞きました。おそらく、修次はそのことを聞き、麻吉さんにあえてつらく当たり、なんでも自分でやらせようとしているのだと思いました。おくみさんの話をして、わざと麻吉さんを怒らせているのを見て、私は確信しました。怒りがあれば、死のうとは思いません。殺したいほどの恨みがあれば、体を動かせるようになろうと頑張るはずです」

「だから、その前に殺そうと、一太に付け火をさせたのか」

「はい。麻吉さんを引き取り面倒を見たいと強く望んでも叶いそうもないとわかり、火事がおきれば体の不自由な麻吉さんは焼け死ぬと思いました。でも、二度失敗し、付け火が難しいと思い、次に修次に怪我でも負わせれば麻吉さんの面倒を見切れなくなる。そう思って、一太に襲わせました。失敗しましたが、急に麻吉さんは私の寮に移ると言い出してくれたのです」

「移してから、そう間もおかず、火事を起こしたな」

「はい。寮で会った麻吉さんを見てびっくりしました。予想以上に回復していました。忘れていたことが蘇るのは時間の問題だと思いました。そして、麻吉さんは一太を見て、何かを感じ取ってしまったのです。そのことを知り、私はもはや強引な手にでるしかないと思ったのです」

「小町屋。よく話した」

「青柳さま。一太は私の命令に逆らえず、心ならずも手を汚しました。私がいけないのです。『相馬屋』のおようさんも私がそそのかしたのです。どうか、このふたりに寛大なお裁きを」

「そなたの気持ちがふたりに伝わるなら考えよう」

「ありがとうございます」

「京之進、あとを頼んだ」

「はい」

剣一郎は京之進にあとを任せ、大番屋を出た。


夕方、長谷川町の『彫森』を訪ね、親方の森蔵とおくみに会ってから、剣一郎は橋場にある寺の庫裏《くり》の一室に世話になっている麻吉を訪ねた。

火事で焼け出されたあと、この寺の住職に麻吉の世話を頼んだのだ。

「青柳さま。お世話になっております」

麻吉が畏まって挨拶をした。

「麻吉。声もしっかりしてきた」

実際はまだたどたどしいところもあるが、長く話せるようになっている。

目を見張る思いで、剣一郎は麻吉を見た。

「はい。おかげで体もある程度動かせるようになりました。これも修次のおかげです」

「修次の？」

「はい。寮の火事の最中、修次の気持ちに気づきました。あっしのためを思い、あんな悪態をつき、あっしを奮《ふる》い立たせてくれたんです。どんなに辛かったことか」

「そうだ。修次はそなたに元のようになってもらいたくて、あのような態度に出たのだ。親方もおくみさんも知っていたそうだ」

「そうでしたかえ。それなのに、あっしは殺したいと思うほど、修次を恨み、憎んだんです。なんて、罰当たりなんだ」

麻吉は自分を責めた。

「それが修次の狙いだったのだ。だから、そなたはそこまで回復出来たのだ」

「はい。修次にはなんて礼を言っていいか……」

「そこまで回復すれば、職人として復帰も出来よう」

「いえ、あっしはやはり仏門に入ろうと思います」

「なぜだ?」

「あっしは修次の家にいるとき、毎日が地獄の暮らしだと思っていました。いつか、動けるようになって修次を殺す。それだけが、唯一の望みでした。そんな修羅の中で生きてきたんです。それが、とんでもない間違いでした。あっし以上に、修次のほうが苦しかったはずです。いまから思えば、あそこでの暮らしの中に人間がもっとも大切にしなければいけないものがあったのです。あそこで得たものを、あっしはもっと突き詰めたいのです。生きるとはなにか、ひとにとって何が大事なのか、そのことを追い求めて行きたいと思っています」

剣一郎は麻吉の目を見つめた。

「それだけが仏門に入ろうとした理由ではあるまい」

「…………」

「そなたが、修次のためを思ってのことではないのか。そなたが復帰すれば、修次は身を引く。おくみのことも……」

「恐れ入ります。修次のためを思ってというより、おくみさんの婿には修次のほうがふさわしいと素直に思うのです。あえて悪役を買って出て、周囲から非難されようが心を鬼にしてあっしのために尽くしてくれた。それに対して、そんな修次を恨み、おくみさんの婿にさせたくないと殺したいと思った自分とでは、どっちがおくみさんを仕合わせに出来るか。考えるまでもありません。修次ではありませんか。あっしに向けた思いをおくみさんに。それがいまのあっしの願いです」

麻吉はいきなり頭を下げて、

「青柳さま。どうか、修次やおくみさん、それに親方にはあっしがここまで回復したことは内密に願えますか。もう、あっしがいないということで、みなの暮らしがはじまっているはずです。それを邪魔したくないんです」

「わかった。そなたの気持ちは固そうだ。しかし、いつか、そなたが回復したことは知らせてやらねばならない」

「はい。修次とおくみさんが所帯を持ったのち、僧侶の身としてふたりに会い、改めて礼を言うつもりです」

その後、一連の事件のことを話して、剣一郎は寺を辞去した。

数日後、お奉行のお白州で、孝太郎が無罪になり、解き放たれた。

迎えに出た孝助と抱き合ったあと、剣一郎の前にやって来た。

「ありがとうございました」

ふたりは剣一郎に何度も頭を下げた。

「『相馬屋』は亡き先代の弟が引き継ぐことになったそうだ。内儀もお縄になったが、孝太郎を店で働かせるようにと番頭に言い残した。元のように、『相馬屋』で頑張るのだ」

「はい。なにからなにまで」

孝太郎は涙ながらに応じた。

小町屋、およう、一太の詮議がはじまったが、橋尾左門がこぼしていた。

「いや、三人ともすらすら喋ってくれるのはいいが、みな自分が一番悪い、そそのかしたのは自分だ、いや私だと小町屋とおようは言い張り、一太は小町屋の気持ちを勝手に慮《おもんぱか》って自分ひとりの考えで殺ったと言う」

さらに、左門はため息をついて、

「奉行所の門前に、小町屋の世話になったという者たちが押し寄せ、助命嘆願を願って来ているそうだ」

「そうか」

小町屋の中に善と悪が同居している。おようと出会い、魔が差したのかもしれないが、人間とは弱いものだと思わざるを得ない。

善の小町屋はほんものだ。しかし、悪の小町屋がいたことも事実だ。たとえ、善行を積んできた者でも、御法度《ごはっと》を破ったからにはそれなりの裁きを受けなければならない。

おそらく、小町屋は助命を望むまい。善がほんものなら小町屋は死を望むはずだ。そして、小町屋の善の部分を守るためにも、裁きは死罪が妥当《だとう》だろうと、剣一郎はやりきれないながら思った。

善の焔

一〇〇字書評

切・り・取・り・線

購買動機（新聞、雑誌名を記入するか、あるいは○をつけてください）

□（　　　　　　　　　　　　　　　　）の広告を見て
□（　　　　　　　　　　　　　　　　）の書評を見て
□ 知人のすすめで　　　　　　　　□ タイトルに惹かれて
□ カバーが良かったから　　　　　□ 内容が面白そうだから
□ 好きな作家だから　　　　　　　□ 好きな分野の本だから

・最近、最も感銘を受けた作品名をお書き下さい

・あなたのお好きな作家名をお書き下さい

・その他、ご要望がありましたらお書き下さい

住所	〒				
氏名		職業		年齢	
Eメール	※携帯には配信できません		新刊情報等のメール配信を 希望する・しない		

この本の感想を、編集部までお寄せいただけたらありがたく存じます。今後の企画の参考にさせていただきます。Eメールでも結構です。

いただいた「一〇〇字書評」は、新聞・雑誌等に紹介させていただくことがあります。その場合はお礼として特製図書カードを差し上げます。

前ページの原稿用紙に書評をお書きの上、切り取り、左記までお送り下さい。宛先の住所は不要です。

なお、ご記入いただいたお名前、ご住所等は、書評紹介の事前了解、謝礼のお届けのためだけに利用し、そのほかの目的のために利用することはありません。

〒一〇一－八七〇一
祥伝社文庫編集長　坂口芳和
電話　〇三（三二六五）二〇八〇

祥伝社ホームページの「ブックレビュー」からも、書き込めます。
http://www.shodensha.co.jp/bookreview/

祥伝社文庫

善《ぜん》の焔《ほのお》　風烈廻《ふうれつまわ》り与力《よりき》・青柳剣一郎《あおやぎけんいちろう》

平成 27 年 9 月 5 日　初版第 1 刷発行

著　者　小杉健治《こすぎけんじ》
発行者　竹内和芳
発行所　祥伝社《しょうでんしゃ》
東京都千代田区神田神保町 3-3
〒 101-8701
電話　03（3265）2081（販売部）
電話　03（3265）2080（編集部）
電話　03（3265）3622（業務部）
http://www.shodensha.co.jp/

印刷所　堀内印刷
製本所　関川製本
カバーフォーマットデザイン　中原達治

 ISBN978-4-396-34146-6 C0193

祥伝社文庫の好評既刊

小杉健治
夏炎《かえん》
風烈廻り与力・青柳剣一郎⑳
残暑の中、市中で起こった大火。その影には弱き者たちを陥《おとしい》れんとする悪人の思惑が……。剣一郎、執念の探索行！

小杉健治
秋雷《しゅうらい》
風烈廻り与力・青柳剣一郎㉑
秋雨の江戸で、屈強な男が針一本で次々と殺される……。見えざる下手人の正体とは？　剣一郎の眼力が冴える！

小杉健治
冬波《とうは》
風烈廻り与力・青柳剣一郎㉒
下手人は何を守ろうとしたのか？　事件の真実に近づく苦しみを知った息子に、父・剣一郎は何を告げるのか？

小杉健治
朱刃《しゅじん》
風烈廻り与力・青柳剣一郎㉓
殺しや火付けも厭わぬ凶行を繰り返す、朱雀太郎。その秘密に迫った青柳父子の前に、思いがけない強敵が――。

小杉健治
白牙《びゃくが》
風烈廻り与力・青柳剣一郎㉔
蠟燭《ろうそく》問屋殺しの疑いがかけられた男。だがそこには驚くべき奸計が……。青柳父子は守るべき者を守りきれるのか⁉

小杉健治
黒猿《くろましら》
風烈廻り与力・青柳剣一郎㉕
倅・剣之助が無罪と解き放った男に新たに付け火の容疑が。与力の誇りをかけて、父・剣一郎が真実に迫る！